目次

第一章　邪宗の門

1

屋根を葺《ふ》いて高い白壁を巡らした広大な屋敷の前に、黒塗りの車がとまった。

後部座席の男の腕のなかに、麻酔薬を嗅がされて眠っている沙紀《さき》がいた。長い睫毛《まつげ》はしっとりと濡れ、かたく閉じ合わさっている。誕生日を来月にひかえる十八歳の沙紀は、これからの自分の運命など知るよしもない。

運転していた男が車から降り、分厚く重厚な門扉の前に立った。

〈阿愉楽寺〉と、目立たない墨の文字があるだけだ。

阿愉楽と書き、アユラと読ませる。ここには阿愉楽教の本殿がある。ほとんど知る者のないこの宗教は、それでも、全国に数カ所の隠れた支部を持っていた。表向きは普通の、大きな屋敷であることが多い。

教祖は〈大現師《だいげんし》さま〉と呼ばれている。大現師は信徒達に、阿愉楽教はこの世で確かな極楽を味わえる唯一の宗教だと説く。〈阿〉の文字は梵語の第一字母で、すべての始まりであり、〈愉楽〉を現世で味わうことこそ、すべてのはじまりであり、目的であり、後の世へと続く善であると教えていた。

男が門扉を叩くと、それを聞きつけた門脇の詰所の者が、内側から厚い扉を開いた。

男は車に戻り、黒い車体を門の中に入れた。すぐに入り口は堅く閉じた。

敷地の四隅には見るからに凶暴な顔をした番犬――ブルマスチーフ――が繋がれており、正面以外からの侵入者を知らせてくれることになっている。

中央に檜皮葺《ひわだぶ》きの本殿があり、それを囲む屋根つきの回廊によって、東の坊とも西の庫裡《くり》とも繋がっていた。庫裡のやや北側には、〈本坊〉と呼ばれる独立した小さな建物がある。

東の坊はL字型に曲がっており、回廊に近い方から五の坊、四の坊、三の坊……と呼ばれ、L字の先にあたるいちばん奥まった大きめの部屋は〈奥の坊〉と呼ばれていた。

庫裡は事務所と居間を兼ねたようなもので、大広間もあり、そこには四、五十人なら泊まることができる。大きな湯殿《ゆどの》――檜造りの風呂――もここについていた。

庫裡の裏には、高い位置に小さな窓がついているだけの土蔵もある。

〈大現師さま〉と呼ばれる六十半ばの剃髪《ていはつ》した男は、白髪混じりの豊かな顎鬚を蓄え、紫の衣に身を包み、本殿で供物《くもつ》の到着を待ちわびていた。

大現師は阿愉楽教の御神体である木彫りの〈阿愉楽菩薩〉に視線を注いだ。

全裸の阿愉楽菩薩は、こぼれんばかりの乳房を惜しげもなく晒し、厚めの妖しい唇を大現師に向けている。ふくよかな下身の秘園は剝き出しで、肉体を持った現実の女よりいっそう生々しかった。

両方の陰唇には大粒のダイヤのピアスが刺されている。このピアスは、ときおりほかの宝石と取り替えられる。阿愉楽菩薩の花びらに合わせて特別に作られた高価な装飾品だ。

この阿愉楽菩薩は大現師の手によって刻まれた。自分の手でしあげたものとはいえ、彼はあまりのできばえに、本当に大いなる力が働いたのではないかと錯覚したほどだ。

陰部を彫るときには幾度も股間のものを立ちあがらせ、中断して剛直をしごきたてねばならなかった。大現師は今では、この阿愉楽菩薩こそが真実の菩薩の姿であると疑わない。

「大現師さま……」

沙紀を抱いた男がにじり寄った。

大現師は胸を躍らせたが、それを悟られまいと、ゆっくりと声の方に顔を向けた。

「ご苦労。御供物はそこに。むこうに酒の用意がしてある。ゆっくり楽しむがいい。またあとで手伝ってもらう」

ふたりの男は深々と阿愉楽菩薩と大現師に礼をし、本殿を出ていった。

大現師は床に横たえられた沙紀に目を向けた。

肩下まである長く細いストレートの黒髪と、眉毛で切りそろえた前髪。色白でぽっちゃりした頰。その丸みを帯びた顔に似合ったぷっくりした唇は、日本人形を思わせた。その顔立ちと、百五十五、六センチしかない小柄な体軀で、沙紀はせいぜい十五、六歳にしか見えなかった。

純真そのものといった白いブラウスがこんもりと乳房の膨らみを浮かびあがらせている。膝が見える短めの黒いスカートから伸びた脚は、薄い臙脂色のストッキングで包まれ、現代っ子らしくすらりと長い。ベルトで軽く絞られた腰の下方を卑しく想像した大現師だったが、はやる気持ちをかろうじて抑えながら沙紀の足首を縄でくくり、俯せにし、手首は後ろ手に縛った。

また仰向けにし、やわらかい赤い唇を太い指先でなぞる。生まれたての赤ん坊を連想させるみずみずしさだ。

癖のない黒髪を、畳に扇のように広げて見おろしながら、大現師の股間の肉棒はすでに妖しく疼いていた。

「んん……」

麻酔から目覚めた沙紀が、ぼんやりと視線を動かした。

やがて焦点を合わせた沙紀は、いましめがかけられていることを知り、青いほど白く澄んだ目を見開き、声をあげた。

半身を起こそうとするのを、大現師が胸元を押さえて遮った。

「おまえは阿愉楽菩薩に捧げる大切な供物だ。おとなしくしろ」

脂ぎった男の顔がおぞましく、沙紀は激しくかぶりを振った。

「光栄な供物になれて名誉なことだ。極楽に身を浸させてやる。女の肉の悦びを教えてやる。かわいい蕾《つぼみ》を開かせてやる」

大現師は唇の端を歪めた。

「い、いやっ！　触らないで！　誰か、誰か助けて！」

喉が破れるほど大きな声だった。

「誰も助けになど来はせん。今の声が聞こえてもな」

大現師は慌てもしない。

華道の稽古の帰り、人通りの少ない場所でいきなりうしろから口を塞がれた。それっきり、それからの記憶はない。沙紀には自分の身の上に何が起こったのかまだよくわからなかった。

「阿愉楽菩薩に顔をお見せしないか」

白い顎をぐいとつかんだ大現師は、淫猥な微笑を浮かべて全裸を晒している御神体にねじ向けた。

ダイヤの塡《は》めこまれた生々しい秘部を視野に入れた沙紀は、瞬時に顔を背けた。それを大現師がねじ戻した。

「おまえをここに呼んだ貴いお方をよく見るがいい。おまえは大事な祝いの日に、この阿愉楽菩薩さまに捧げられる身だ。あくまでも神聖で、それでいて、あくまでも淫らな女になって、心ゆくまで男を悦ばせるのだ。いいな」

とてつもない禍《わざわい》が自分の身に降りかかったことは疑いようもなく、沙紀は救いを求めて絶叫した。

「男達が悦ぶだけだ。おまえの愛らしい姿を想像して、舌舐めずりしているだろう」

ニタリと笑った大現師は、ブラウスの上から乳房をつかんだ。

まだ男に触れられたことのない乳房をつかまれ、沙紀はヒッと叫んで鳥肌だった。

「まだ処女か」

あからさまな男の言葉に、沙紀はただ首を振りたくった。

「調べればすぐにわかることだ」

目を細めた大現師の言葉に、沙紀は唇を小刻みに震わせた。

「処女なら、おまえは神聖な供物だ。大切な儀式の日、おまえの処女の血をいただくことになる」

「いやァ！」

絶叫は、寒々とした広い本殿の壁を揺るがすほどに響きわたった。

見るからにいやらしい唇が、唐突に可憐な唇をおおった。

後頭部を押さえつけられ、引き寄せられた沙紀は、顔を背けることもできず、逃れるすべもない。

（いやいや。触らないで！　いや！）

大現師の唇はこの世でもっとも忌まわしい生き物に思え、沙紀は身震いがとまらなかった。

男の好色な舌は、沙紀の堅い扉をこじ開けようとする。だが、沙紀は必死にあらがい、決して上下の歯を離そうとしなかった。

堅く白い扉のむこうに容易に侵入することはできないと知った大現師は、顔を離した。

「ふふ、抵抗するがいい。そのうち、思いどおりにしてやる。飼い犬のようにな」

ねっとりした視線を沙紀に向けた大現師は、冷酷な笑みを浮かべた。そのとき、男が廊下を騒々しく駆けてきた。

「お布施の女が禅室より」

大現師の濃い眉がぴくりと動いた。男はいましめをかけられた沙紀にちらっと目をやったが、ただそれだけだった。

救いがないことを悟り、沙紀は助けを求める言葉を呑みこんで、鼻孔を熱くした。

「逃がしたのか」

「寺を出る前に捕え、禅室に入れています」

「誰かが逃がしたのかもしれんな。お布施の折檻をしなくてはなるまい。それが済むまで、この女はおまえが監視しておけ。あとでいっしょに浄める」

「承知しました」

光栄だというように男は深々と頭を下げた。

2

橘多美子《たちばなたみこ》は信徒の男ふたりによって後ろ手にひねりあげられ、〈禅室〉と呼ばれる土蔵の仕置部屋にいた。高いところに設けられている窓はしっかりと閉じられ、明かりは四方の太い蠟燭《ろうそく》だけだ。

多美子は三十代半ばになる信徒の妻で、〈お布施〉として五日の間、差し出されることとなった。お布施といっても信徒の意志による志というわけにはいかず、ときには大現師の請求に応じなければならない。

お布施の女は、五日間、寺の手伝いをするということになっているが、大現師や信徒達の慰み者にされる。これといった文句も言わず、男が連れ合いさえ差し出すのは、麻薬のように染みこんでしまった阿愉楽教の恍惚の淫靡な儀式から遠ざかることができない肉のせいだ。

「よく逃げられたものだな」

お布施の前に立った大現師は、多美子の顎を持ち上げた。男好きのする厚めの唇がわなわなと震えている。

多美子は楚々とした可憐な白い花を配した透きとおるような青磁色の小紋の着物に、深い紫地の名古屋帯を締めている。その落ちついた色合いが、多美子を匂うような人妻に装わせていた。

百六十二、三センチほどの体軀はさほど骨太ではなく、実際より小さめに見える。だが、着物の下の豊満な肉付きは想像できた。

ほのかに髪油の匂う艶やかな黒髪はアップにまとめられているが、捕えられたときの抵抗の名残かわずかにほつれ、いっそう妖しい色気をたたえている。

多美子は喉を鳴らしながら、整えられた眉の下の、怯《おび》えと憎悪の入り交じった目を大現師に向けた。

「どうやって逃げた。こたえろ」

うしろの男が、ぐいと腕をひねりあげた。多美子の顔が歪んだ。

「誰に逃がしてもらった。たとえいましめをはずしても、鍵をかけてあるここから出られるわけがないからな。誰だ。誰に解いてもらった」

怯えた目の多美子だったが、口は堅く閉ざしていた。

「お布施に差し出されておきながら逃げようなどと、阿愉楽菩薩さまに申し訳がたたん。口を開くようにしてやる」

目を細め、唇の端をかすかに歪めた大現師に、多美子はやっと視線を合わせた。怯えのなかにも理不尽な男に対する非難がふくまれている。

「その目には険がある。その邪気を五日の間にわしが祓《はら》ってやる」

獲物を前にして、ぶ厚い唇がぬらっと光った。

「魔物を追い出し、誰にも愛されるかわいい女にしてやる。阿愉楽菩薩のありがたい御力を借りてな。おまえは導かれてここに来たのだ」

いやしく値踏みする目だった。

「夫はここで悪魔に憑《つ》かれたんです」

ようやく口を開いた多美子は、荒い息を吐いた。

橘は結婚当時と変わってしまった。最近の夫を、姿形のよく似た他人ではないかと思うことがある。魂を抜き取られ、邪悪な息を吹きつけられた操り人形のようだ。

「悪魔に憑かれているのはおまえの方だ。肉にも血管にも、髪の毛の一本一本にさえ悪がひそんでおる。追い払わねばな」

大現師はふたりの男に、多美子を吊るすよう命じた。

激しいあらがいをものともせず、男達は多美子を強引に立ちあがらせた。壁の影が大きく広がり、魔物のように揺れ動いた。

ひとりの男が多美子を後ろ手につかんで身動きできないようにし、もうひとりが帯締めと帯揚げを解いた。お太鼓が落ち、帯が解かれていく。

(ケダモノ。きっと後悔するわ……こんなこと、許されるはずがないわ……)

あらがいも虚しく、ふたりの男に手際よく着物を脱がされていった。しっかりと身を守っていたつもりの着物がいとも簡単に剝《は》がされていくと、洋服のときよりいっそう心もとなく、多美子は消え入りたかった。

多美子がここに来たのは二時間ほど前だ。夫と離されたとき、悪い予感がした。それですぐに、夫といっしょに帰りたいと申し出た。

まああと、最初はやさしく口を開いていた大現師が、多美子の繰り返す言葉に、やがて表情を変えた。そして、否応なく土蔵に放りこまれたのだ。

「腰巻だけはつけておけ」

襦袢が剝がされ、ゴムまりのように大きな乳房がこぼれ出た。

腰に白い湯文字だけになった多美子は、無防備な姿を男達の視線に晒す屈辱に軀を小刻みに震わせ、鳥肌だっていた。

手首にいましめをかけられ万歳の格好で吊るされ、白足袋の爪先だけがかろうじて床についている。

「よし、わしが邪気を祓う間、おまえ達は外に出ておれ」

ふたりの男が土蔵から出ていった。

(何をする気なの……)

多美子の血が凍った。

「ふふ、思ったよりずいぶんと豊かな膨らみだな。着物からこいつが飛び出したとき、目の錯覚かと思ったほどだ」

ブラジャーをつけるならDカップというところか。想像していたとおりの肉づきのいい軀だ。重そうな大きな乳房は多美子にぴったりだ。大きめの乳暈のまん中の乳首を、大現師は容赦なくつねりあげた。

「ヒイッ！」

あまりの痛みに多美子は顔を歪めた。

「触らないで！」

語調を強めたつもりが、言葉尻が震えた。

「軀は正直だ。軀に聞いてやる。ここでわしに身をまかせたいと言うのはわかっている」

（そんなこと、口が裂けても……）

脂ぎった大現師の顔が多美子は最初から嫌だった。ときおり、生理的に受けつけない人間がいる。多美子にとっては目の前の大現師が典型的なそのひとりだ。うさん臭い顔をしている。詐欺師の顔だ。

「ふふ、証拠を見せてやろう」

大現師は、多美子の乳房を肉の厚い掌で包んだ。

多美子はそそけだった。上半身裸の屈辱的な姿、無抵抗の状態でおぞましい男とふたりきりでいなければならないことで、絶望の淵に沈んでいく。

白い乳房はしっとり吸いつくようで、揉んでくれと言っているようだ。大きな手が両方の乳房をつかんだ。

声をあげたのと、皮膚の表面がぞくっと粟立ったのは同時だった。全身の細胞が萎縮した瞬間、白い手首から伸びた紐がビンと音をたてた。

娘を生んで、多美子の乳房はいっそう豊かになった。三十代半ばとはいえ、まだ張りもあり、乳首もそれほど黒ずんではいない。

大現師は乳房を包んだまま、人さし指と中指を蟹のように開き、乳首をつまんだ。

反応を確かめながら、二本の指は閉じたり開いたり微妙に乳首を刺激する。

「あう……いや……あ……」

乳首はすぐに硬くなり、コリコリした。

小さな果実から全身へと、神経が網の目をつくって伸びていく。足指の先までズンズンし、下身がムズムズと疼きだす。まだ大現師に触られたばかりだというのに、多美子は秘芯を蜜液で濡らしはじめていた。

(こんないやらしい男に触られているのに……ああ、いや)

多美子は甘く疼く肉が口惜しかった。

「いい軀をしておるな。たったこれだけで、もうオケケまでぐっしょり濡らしてるんだろう」

破廉恥《はれんち》な言葉を憎んでも、すぐに妖しい指の動きの虜《とりこ》になってしまう。多美子はもともと感じやすい軀をしていたが、無防備に拘束されているため、いつもよりいっそう敏感になっていた。

大現師が乳首を口に含んだ。

声をあげる寸前、多美子はきっと奥歯を嚙みしめた。

（ああ、いや……じんじんするわ……）

ちぎれるほど首を振りたくった。

片方の乳首を指の間でそっとこすりながら、一方を舌でつつき、舐めまわし、吸いあげる大現師の愛撫は、ねっとりと執拗だ。

「や、やめて……やめてっ……あう……」

憎むべき好色な詐欺師に触れられているのだから……と、快感を断ち切りたい意識もまだ残ってはいるが、肉がしだいに妖しい行為に溺れていくのをとめることができない。

（どうして……ああ……だめ）

快感の声を洩らすまいと、多美子はもういちど奥歯を嚙みしめようとした。だが、上下の顎は力なく離れていき、唇の狭間から熱い息がぼうと洩れてしまう。

歯をたててコリコリと乳首を軽く嚙まれ、多美子は愛蜜を噴きこぼしながらのけぞった。

「身も心もあずけろ。どうだ、いい気持ちだろうが」

愛撫は、きれいに繊毛を手入れしたむき出しの腋窩《えきか》へと移っていった。

蒼白いくぼみは土蔵の壁を映し、寒々としている。生あたたかい舌先でペロリとくぼみを舐められ、多美子はヒイッと叫んで胸を突き出した。

腋窩は特に感じる性感帯のひとつだ。夫から腕を上にして押さえつけられただけで、次に何をされるかわかり、声をあげてしまうほどだ。まして、両手をあげて吊るされ、無防備に腋窩を晒しているのだから、多美子は気も狂わんばかりだった。

舐められ、指を添えられ、息を吹きつけられ、快感より苦痛に近い感覚に襲われる。大現師の動きは始終ねっとりしていた。女を手玉にとることなど造作もないといったふうだ。

「ヒイッ！　や、やめてっ！　お、お願い！」

喉の奥から声をふり絞った。

「ほう、わしにお願いか。わしの顔など見たくもないのではないか」

故意にそっけない顔をし、大現師は乳首をツンとはじいた。

快感とおぞましさがごったになって、全身を駆け抜けていく。

「もう……もうやめて……逃げません。もう逃げたりしませんから……」

拘束されたまま肌を触れられる恐怖に、多美子は先程までの彼にたてつく気力を失っていた。

「はて、本当にそうかな」

懐疑的な口ぶりの大現師は、ほつれ毛が落ちている汗ばんだ頬を撫でると、ぷっくりした唇にぶ厚い唇を近づけた。

多美子はおぞましさに顔を左右に振り、厚い唇から逃れようとした。だが、顳顬《こめかみ》を押さえつけられ、無気味な舌で、合わさった上下の歯を容赦なくぐいぐいと押される。

つい先ほど連れてこられた青臭い沙紀と同じで、唾液でべちょっとした舌の侵入を、多美子はかたくななまでに拒んだ。

「もっと嬲《なぶ》られたいのか。いくらでも嬲ってやるぞ」

薄ら笑いを浮かべた大現師は、もういちど同じことをこころみた。

（いや。来ないで。いや……）

ますます奥歯に力を入れ、きっと口を閉じた。

今度はやけにあっさりと唇が離れた。

「それなら、観音さままでも拝見することにしようか。真っ白い腰巻の下の観音さまが、さぞかしわしを待ちわびていることだろう」

多美子は短い悲鳴をあげてもがいた。

着物を剝がされ、乳房を剝き出しにされたときから考えなかったことではないが、どこかで否定したい気持ちが残っていた。だが、湯文字は竹の子の皮を剝ぐように、いとも簡単に剝がされた。

湯文字の下に余計な下穿きなどつけていない。

腰の膨らみは熟《う》れた人妻そのものだ。落ちる寸前の熟した果実のようにやけにうまそうで、唾液がわいてくる。

逆三角形の薄くもなく濃くもない茂みが、多美子の心境を映してわなわなと震えた。

大現師はわななく恥毛をひと撫でした。

多美子はぞくりとした。足元の男を蹴ろうにも、ようやく爪先がついている状態で吊るされていては、力を入れることもできない。太腿をきゅっと合わせるのが精いっぱいだ。

床に片膝ついた大現師は、ふっくらした肉饅頭をぐいっと広げた。

「ヒッ！」

閉じ合わさっていた〝女〟がくつろげられ、土蔵の空気が性器をすっと舐めあげた。

嬲られて噴き出した汗や恥垢、かすかな小水の匂いが混じりあった牝の匂いが大現師の鼻孔をツンと刺激した。

多美子は腰を振った。

「動くな！」

鋭い口調で大現師がすかさず一喝した。

「いや！　やめて！　いや！」

叫びは土蔵の壁にこだました。

「何がいやだ。こんなにぐっしょり濡らしておるくせに」

立ち上がった大現師は多美子のうしろにまわると、平手でピシャピシャと熟れ落ちそうな尻を打ちのめした。ぽってりした肉が、淫猥な音をたてて弾ける。スパンキングを与えるたび、男を誘うように双丘がぶるんぶるんと揺れ、打擲者《ちょうちゃくしゃ》を悦ばせた。

(こんな屈辱を受けるなんて……いや……)

多美子はなすすべもなく、理不尽な屈辱を一方的に受けていた。

バシッとひときわ強いとどめのスパンキングを与え、大現師の打擲がやんだ。

白かった尻が、今では大きな手形で真っ赤に色づいている。

ひとときいやらしく撫でまわした大現師は、臀部のくぼみに向かってフッと息を吹きつけた。

多美子はクッと双丘に力を入れた。

前に移った大現師が秘園を広げ、観察をはじめた。

(見ないで……やめて……)

おぞましい指から逃れられない多美子は、唇を噛みながら顔をそむけた。

大現師は花びらを揉みしだきはじめた。ごつく太い指が、魔術としか思えないほどに繊細に動いた。花びらの縁どりをかすかに撫で、そっとつまみ、指にはさんで摩擦する。

声をあげながら、多美子は足袋にくるまれた足指の先を擦りあわせた。

大現師は花びらをもてあそんでいた指を二本、媚肉の狭間に押しこんだ。愛蜜のぬめりで簡単に入りこんだ指が、キュッと内襞から締めつけられる。ぐるりと動かしながら、その肉襞を丁寧に観察した。ざらついた、それでいてやわらかい天井に、大現師はほくそえんだ。

指をグニュグニュ動かしながら、莢《さや》からはみ出してきたピンクの突起を舐めあげた。

「いやァ!」

多美子はありったけの力で腰を振った。

生あたたかい舌は、肉溝を交互に舐めあげ、花びらをねぶっていく。その間も女芯に沈んだ太い指はいやらしくグヌグヌと動き続けていた。

多美子はクライマックスを迎えようとしていた。否応なく快感が押し寄せてくる。荒い息を吐きながらそのときを待った。だが、絶頂を極めようとした瞬間、大現師の動きはぴたりととまった。

気抜けした声を洩らした多美子に、大現師が歪んだ笑いを向けた。

「大現師さまの指でいきとうございますと言え。そうすればいかしてやる」

獲物をもてあそぶ大現師の目には、冷ややかななかに嬉々としたものがふくまれている。

(言うものですか。そんなこと、決して言うものですか……)

多美子は激しくかぶりを振った。

卑猥な指はまた動きはじめ、気をやる寸前を見極めて動きをとめる。二、三度繰り返されると、多美子は苦痛に喘いだ。

(ああ……いや……だけど、もう……耐えられない……)

多美子はついに、

「お願い……とめないで……」

哀願し、自分のさもしさに嗚咽《おえつ》した。

「さっき教えたように言ってみろ」

大現師には、獲物を追いこみ、あとは爪をかけるだけといったゆとりがある。

ようやく口にした言葉というのに、さらに追い打ちをかけてくる男への口惜しさに、多美子はこれまでよりいっそう激しく首を振った。

躯の一部としてではなく、今や独自の命を持って蠢《うごめ》いている淫猥な指はクリトリス包皮を責めたて、敏感な触覚によって波が近づいたことを知り、ぴたりと動きをとめる。

中途半端なまま消えていく快感に、ぴんと張っていた鼠蹊部《そけいぶ》から太腿にかけての筋肉が弛緩した。

「ああ、いや……とめないで……大現師さまの指で……指でいかせてください……」

ついに多美子は屈服した。

(地獄に堕ちるわ……)

おぞましい男にさえ短時間で慣らされてしまう屈辱的な女の肉の哀しさに、多美子は嗚咽した。

白い頬を伝う涙を満足げに見つめた大現師は、多美子にエクスタシーを与えるため、丁寧に性器を揉みほぐした。

「あ、あ、あ、くうっ！」

多美子は抑えられていた欲求を一気に吐き出した。アヌスと膣襞が激しい収縮を繰り返す。やがて、いましめに体重をあずけ、多美子はだらりとぶらさがった。その目は定まらず、虚ろに空を漂った。

「満足したのなら、感謝の言葉を出すのが礼儀というものだろう。えっ？」

なおも獲物をいたぶりながら、火照《ほて》った頬を軽く手の甲ではたいた。

「あ、ありがとうございました……」

ようやく聞き取れる掠れた声だった。

「おまえを逃がしたのは誰だ。いくらでも仕置の方法はあるんだぞ。これからすぐはじめてもいい」

「もう……許して」

「誰だ」

「名前は……存じません」

「どんなやつだ」

「きれいな女の方……秋草を染めあげた縮緬地《ちりめんじ》の着物を着た……」

大現師の眉が動いた。

土蔵の扉が開かれた。眩しい光が多美子の軀を舐めあげた。

外で待っていたふたりの男が入ってきた。

多美子は全裸を見られる羞恥に顔をそむけた。

「誰かに慈悦《じえつ》を見張らせておけ。外には出すな。決して目を離すなよ」

「まさか慈悦さまがこの女を……？」

大現師がうなずく。

「得度なさっている慈悦さまがそんな……」

「あとで慈悦にゆっくり吐かせてやる。それまで、わしが気づいていることを決して悟らせんようにな。この女のいましめを解いたら、うしろをきれいにしておけ。あとでうしろを教えこんでやる」

ふたりに手首の縄を解かれた多美子は力尽き、床に崩れ落ちた。

3

いましめをかけられ、畳に転がっている沙紀は、死んだように身動きしない。ときどき思い出したようにヒクッと肩先が動くのは、激しく泣いていた名残で、自然にしゃくりあげるためだ。

人妻の多美子を軽くなぶってきたばかりの大現師にとって、沙紀はいっそう初々しく見えた。

「湯殿は整っているな」

「はい」

「よし、浄めあげてから、大事なところを調べることにしよう」

大現師は阿愉楽菩薩に向かって正座し、般若経の一部を入れたもっともらしい短い阿愉楽経を、腹に力を入れ、低い声で唱える。

　般若波羅蜜多

　色徳悠栄阿愉楽女

　現世滅生御霊魂清浄……

その間、沙紀は男につかまれ、強引に阿愉楽菩薩へ顔をねじ向けられていた。十八歳とはいえ、まだ少女の面影を残している純真な顔は、恐怖と哀しみに満ち、不意に襲った不幸に総身が小刻みに震えていた。

阿愉楽菩薩にうやうやしく頭を下げた大現師は、首を曲げ、新鮮な供物を見つめた。

「頭の先から足の先まで浄めてやるぞ。さあ、立て」

沙紀は体重をかけてあらがった。それを、見張り役だった男がいましめを握り、容易に立ちあがらせた。

背中をぐいぐいと押されながら沙紀は庫裡の端に位置する湯殿への回廊を、よろけながら歩いた。

檜造りの風呂は大きい。脱衣場もたっぷりとってある。湯気とともに漂う檜の薫りが、沙紀の鼻孔に触れた。

男がいましめを解いた。

逃げ場を探し、沙紀は今来た方向に怯えた視線をちらっと向けた。

「自分で脱がないなら引き剥がすだけだ。そのくらいわかるな」

大現師は低い張りのある声で言った。

「帰してください。早く戻らないとお母さまが……」

追いつめられた沙紀の鼻がピンク色に染まった。

「心配するな。おまえの母親も、おまえがここだということを知っている」

「嘘！」

「嘘なものか」

「だったら警察が……」

身を庇《かば》いながら大現師を非難した。

「言えんのだ。言えんわけがある」

大現師はフフと笑った。

沙紀は廊下に逃げようとした。だが、無駄だった。すぐに引き戻された。

大現師は男に顎をしゃくった。男は沙紀を拘束する役だった。後ろ手に捻りあげている間に、大現師がブラウスのボタンをはずし、スカートのファスナーを引き下ろした。

「いやァ！」

ここ数年母親にも見せていない肌を、沙紀は初めて会った男に晒そうとしていた。

スカートが落ちた。

「やめてっ！」

拘束役の男は命じられるまでもなく、大現師が沙紀の服を脱がせやすいように、腕を動かしたり肘を曲げたりさせる。

スカートの次に沙紀の軀を離れたのはブラウスだった。レースの入った白いキャミソールが現われる。キャミソールの下で、ブラジャーがしっかりと乳房を隠していた。だが、キャミソールが落ちると、ブラジャーをはなすのは造作もないことだった。

若さを強調しているみずみずしい弾力のある眩しいほどの乳房がこぼれ出た。大現師の大きな手にぴったりおさまりそうな、小さくも大きくもない沙紀の軀にぴったりの乳房だ。

大現師は満足の笑みを洩らした。ピンク色の小さな乳首は処女の証《あかし》のように恥じらいに沈んでいる。

上半身をすっかりふたりに晒してしまった沙紀は羞恥に耐えきれず、首を振りたくった。

大現師の視線が沙紀の下半身に移った。それを知った沙紀は、反射的にきゅっと膝を合わせた。

大現師が男に顎をしゃくった。男は沙紀を壁際の檜台に俯せにし、押さえこんだ。

ばたつく足を大現師が片手で押さえ、もう片方でストッキングとショーツを同時に下ろしていく。

「いやァ！　いやァ！」

むき卵のようなつるりとした尻がすでにあらわになったあとも、双丘は左右に動きまわった。

「若いのにいい腰の動きだ」

大現師は唇をゆるめながら、かわいいくるぶしから最後の布を抜き取った。

「風呂だ。外の世界の汚れを浄めてやる。いやならしばらくそのままにしておれ」

下身を見られることが恥ずかしく、沙紀は台に全裸の軀をぴたりとつけて身を守った。

ふたりは沙紀を交代に見張りながら服を脱ぎ、そこに用意されている単衣《ひとえ》の白装束に着替えた。浴衣ではなく、浄めの儀式に使う湯帷子《ゆかたびら》だ。

「今度はおまえの番だ」

皮を剝ぐように台から剝がされた沙紀は、初めてふたりに下身を晒した。わずかに栗色がかった縦長の逆三角形の恥毛は、見るからにやわらかそうだ。

「さあ、着るんだ」

拒まれれば、脱がすより着せる方が困難だ。

沙紀は抵抗した。

土蔵に吊るされた多美子のように、沙紀はその場で両手首をくくられ、梁《はり》に吊るされた。

(怖い……助けて……お母さま……)

背中を冷たいものが走った。ずくりずくりと絶え間なく駆け抜けていった。

大現師は自由を失った沙紀を舐めるように眺めた。

「どうだ、建立《こんりゆう》二十年めの素晴らしい御供物になりそうだろう」

「はい。立派な御供物でございます」

非情な会話に、沙紀の目尻からつっと雫《しずく》が流れ落ちた。

ふたりはすぐには沙紀に触ろうとはせず、竹で編まれた椅子を並べて座り、じっと正面から見つめた。

沙紀は消え入りたいような恥辱を感じた。卑猥な視線が、肌に痛いほど突き刺さる。両腕を上げた無防備な晒し者だ。

(見ないで……)

目を閉じ、俯《うつむ》いた。

やがて目を開けると、やはり、そこにはふたりの視線があった。かっと汗ばんだものの、そのあと、悪寒《おかん》が駆け抜けていった。

「裸を見られるのが好きなようだな。足を広げてみろ」

沙紀はきっちり膝を合わせた。

男が立ち上がり、沙紀の片足をぐいと広げた。叫び声が広がった。

「湯帷子を着るか。おとなしく着ればくくられずにすんだものを」

「着ます。着ますから解いて……放して」

沙紀は脚を裂かれそうな気がした。

「さっきはいやだと言った」

「いやじゃ……ないから……」

沙紀は唇を噛んだ。

いましめを解かれ、大現師に差し出された湯帷子を着ると、否応なく湯槽まで引っ張っていかれた。

男に沙紀を押さえさせておき、大現師は阿愉楽経を唱えはじめる。唱えながら、小さな頭に手桶でたっぷり掬《すく》った湯を遠慮なくザブリと浴びせた。

白い湯帷子が濡れ、沙紀の肌にピタリとついた。それは裸体のときより沙紀をいっそう妖しく見せた。薄い布の下の乳房の膨らみ。緊張のためか硬くなっているぷっちりした乳首の盛り上がり。下腹の茂みをうっすら映して張りついた布。なかでも、尻に張りついた湯帷子は、桃の割れ目を強調し、やけに淫靡だった。

　般若波羅蜜多

　色徳悠栄阿愉楽女

　現世滅生御霊魂清浄……

大現師は三度、沙紀の頭から湯をかけた。

(殺される……)

沙紀は息をとめた。

肩の下まであったストレートの髪は頬や喉に張りつき、哀れな濡れ鼠と化している。

「さあ、これでいいぞ。あとは隅々まで磨いてやるから、湯帷子を脱ぐんだ。うんときれいにしてやりたいからな」

男達に素肌に触れられると思うと沙紀はおぞけだった。

「痛いめにあう前におとなしく言うことを聞いた方がいいぞ。脱げ」

「いや。帰して」

「まだそんなことを言うのか。よし、あれだ」

大現師が男に目配せした。男は、大現師が沙紀をつかんでいる間に、先が細かく割れた竹刀を持ってきた。

「さっさとここに四つん這いになれ！」

大現師は表情を変えていた。脅すには十分すぎる鋭い口調だ。

ごくっと沙紀は喉を鳴らした。今度こそ何をされるかわからない。いやいや簀子《すのこ》に膝をつき、四つん這いになった。

突き出た尻に張りついた湯帷子はますます淫猥さを増した。桃尻のくぼみを見た男は肉柱を硬くし、滑稽に湯帷子の前を押し上げていた。大現師も立派な屹立《きつりつ》をぐいと持ち上げている。

大現師は沙紀の顔前にしゃがみこみ、恐怖にひきつったその顔を、掌で持ち上げた。

「折檻してやれ」

男は沙紀の尻に竹刀を打ちおろした。

「ヒッ！」

ピシッと音がし、尻を包んでいる湯帷子の湯が四方にはねた。

軀を支えた沙紀の両手足が震えた。

大現師はニタリと笑った。

「続けろ。手加減するな」

尻たぼを打ちのめす竹の音は湯殿の壁に大きく反響した。

「ヒッ！　あっ！　許して！　あう！」

「尻を落としたらもっと痛いめにあわせるからな。尻が腫れあがって歩けんようになるまで打ちのめしてもいいんだ」

尻を打つ男の肉棒は興奮に反り返っている。大現師も沙紀の悲鳴に血をたぎらせた。

沙紀はかわいい顔をひきつらせて泣いた。

「逆らわないと誓え」

「逆らいません……決して逆らいませんから、ぶたないで。あう！」

「よし、やめろ。改心したようだ。さ、湯に浸かれ」

沙紀は一枚の布をまとったまま湯槽に入った。そのあとで、大現師も湯帷子のまま中に入り、沙紀と向かい合った。沙紀は布の下の乳房を手で隠した。

「少し足を開け」

逆らったあとの仕置に怯え、沙紀は湯に浸かったまま、わずかに膝を離した。

秘園に大現師の手が伸びた。

沙紀は硬直した。

(そんなところいや……やめて)

願いも虚しく、大現師は花びらや肉溝に指を這わせた。沙紀には初めての経験だ。

大現師は双花の中心の柔肉の狭間にそろりと指を挿入した。

「い、痛っ！」

沙紀は眉根を寄せ、泣き声をあげた。

「ふふ、まだ処女だな。指一本スムーズに入らんというのに、こんなにいっぱいいやらしいヌルヌルを出しおって」

第一関節ほども入らなかった指をすぐに出し、花びらに触れた。

沙紀は身悶えした。

「ここを、あとでゆっくり見せてもらうからな」

花びらをもてあそばれると、そこから奇妙な感覚が足指の先までじんわりと広がっていく。

沙紀は湯槽の底に沈んでいきそうな気がした。

（だめ……おかしくなる……どうして……助けて……あっ……いや……）

花びらを数回揉みしだかれただけで沙紀は激しい怒濤に巻きこまれ、小枝のように打ち震えて絶頂を極めた。つかのま、軀と魂が別々の方向に飛び散った。

痙攣《けいれん》し、ぐったりした沙紀を、大現師が受けとめた。

「ふふ、かわいい顔をして呆気なくいきおったな。あがるぞ」

腰のたたない沙紀を大現師はそのまま抱えて湯槽を出た。

脱衣場で濡れた湯帷子を脱がされ、用意された別の白装束を着せられた沙紀にはすでに逆らう力がなかった。その目は、かつて知らない激しい快感を得たあまりの衝撃に、虚ろになっていた。

第二章　繫がれた女

1

お布施として差し出された多美子が、土蔵に吊るされて、ついに口を開いて告白した女、その秋草を染めあげた縮緬地の着物を着た慈悦は、庫裡で門徒の入れた茶を飲んでいた。沙紀の見張りを男に任せ、湯帷子からもとの紫の衣に着替えた大現師は、なに食わぬ顔をしたまま慈悦の横に座った。

慈悦は十年ほど前からいつも大現師の傍らにおり、彼の妻のようなものだった。得度して、大現師に慈悦という名をもらい、門徒達もそう呼んでいる。阿愉楽教の得度は、剃髪ではなく、女は阿愉楽菩薩と同じように、その両の花びらに穴を開けることだった。

務めとして比丘尼《びくに》の慈悦は、大現師に指示されるまま、過去に門徒とも軀を合わせたが、ここ数年は大現師だけの女だった。三十半ばの理知的な顔をした慈悦は、大現師や門徒達に信頼され、慕われている。

　百六十センチに満たない慈悦は、男の懐に入ってしまいそうなか細い女だ。卵型の小さな顔のなかで、二重のきれいな目と、引き締まった、それでいてどこかたよりなげな唇が、慈悦をいっそう可憐な女に見せていた。

「何か御用がおありとか」

「阿愉楽寺建立二十年のために、いい供物が来ておる。十八歳とはいえ、まだ男を知らんから合格だ。半月でうんと躾《しつけ》てやらねばな」

「…………」

「お布施として来ておる橘多美子も、もう少し従順にさせねば」

　多美子と聞いても、慈悦は動じるそぶりを見せなかった。

「今夜はまずわしがお布施をいただいて、ほかの者にも人妻の味をじっくり味わってもらうとしよう。さっき、禅室で、実にいい声を出しおってな。もう少しで逃げ出そうとするところだったらしいが、かわいがってやりさえすればたわいないものよ」

　置いたばかりの湯呑みを取って、慈悦は不自然にコクリと飲んだ。

「わしは今夜は供物の相手もしなくてはならん。あと半月しかないからな。寝る間もないほど忙しくなる。今夜おまえは、本殿の阿愉楽菩薩さまと共に、よく働いてくれる信徒達を楽しませろ」

慈悦ははっと顔をあげた。数年前を最後に、大現師が自分をほかの男達の前に出すことはなかったのだ。

（本殿……？　今、そうおっしゃった……まさか……）

着物の下がかっと汗ばんだ。

本殿でというのは特別な意味を持つ。寺で男女が交わるとき、離れの本坊か、本殿の回廊と繋がった東側の坊が場所として提供される。本殿を使うのは、大小にかかわらず、儀式のときに限る。

「二、三日、阿愉楽菩薩さまと共に過ごすことだな。本殿から出るのは排泄のときだけしか許さん。その世話も誰かにさせる。男達を楽しませろ。久しぶりで門徒達が悦ぶだろう」

鬚に手をやりながら、大現師は小気味よい笑いを浮かべた。

「なぜ……」

その問いには力がなかった。

「何もおかしいことはないだろう？　おまえは得度しておるのだ。率先して本殿へ行くのが当然だ。ほかの比丘尼達は、みんな外で門徒獲得のために働いておる。まさか、いやだなどと言いはしないだろうな」

冷酷な目が、慈悦を射った。

「本殿ではなく、坊の方で……」

すがるような小さな女を、大現師は一瞥した。

「連れていけ。わしが繋ぐ」

そこにいたふたりの門徒が、左右から容赦なく二の腕をつかんだ。慈悦は眉間《みけん》に皺を寄せ、わずかにあらがった。だが、そんな抵抗が三人の男を前にしていかに虚しいことかわかり、すぐに力を抜いた。

うなだれた咎人《とがにん》の姿で慈悦は本殿へと歩いていった。

大現師は振り向きもせず、さっさと歩いていく。

(いや。本殿に繋がれるのはいや……ぼろきれのようになるわ……いや)

慈悦は、追いつめられ引きちぎられるだけの自分の姿を想像した。

「大現師さま……」

本殿の入り口まできたとき、慈悦は最後の望みを託して口を開いた。

「何を言ってもむだだ」

本殿に脚を入れながら、大現師は冷淡に言い放った。

阿愉楽菩薩の前で、慈悦は大現師によって帯を解かれていった。着物に炷《た》きこめられた香と、着物にこもっていた肌の匂いが、空気のように広がっていく。

畳敷の床に着物が落ちていった。二百人ほどがゆったり座れる本殿は、今は慈悦達以外は誰もおらず、寒々としていた。

「どうか……」

まだ慈悦は救いを求めていた。観念してはわずかに希望を繋ぎ、希望しては失望し、それは、庫裡にいたときから幾度となく繰り返されてきた思いだった。

「言うな。あとは自分で脱げ。慈悦ともあろう女が、わしに余計な手間はとらすな」

大現師とふたりの門徒に囲まれ、慈悦はゆるゆると着物を脱いでいった。

襦袢も湯文字もとった慈悦に、ふたりの門徒は唾をのんだ。久しぶりに見る慈悦の軀だ。

うなだれ、軽く胸に手をやった慈悦の裸体は、数年前と同じように肌理《きめ》細かでふくよかだ。

白い足袋だけがまだ慈悦の一部を包んでいた。

刃向かうすべを失っている慈悦の前にどっかと胡座《あぐら》をかいた大現師は、ウェーブのゆるやかな恥毛がまばらに生えた大陰唇を、くいっと広げた。

ふたりの門徒がごくりと喉を鳴らして秘園に見入った。

穴のあいた慈悦の左右の花びらには、小さな真珠のピアスが刺されている。

大現師は慈悦の花びらから真珠をはずし、阿愉楽菩薩の花びらからは大粒のダイヤをはずした。慈悦の右の花びらに鎖をつけ、それを阿愉楽菩薩の花びらの穴にとおして繋ぐ。

(もうだめ……こうして阿愉楽菩薩さまの花びらと繋がれた以上……)

花びらに冷たい金属を感じたとき、慈悦からかすかな希望は消え去った。

金の鎖が畳に垂れた。

本殿の正面に阿愉楽菩薩と対称に安置された、彫刻家の門徒の手による歓喜天《かんぎてん》もどきの〈歓喜菩薩〉は、慈悦との交接を門徒達に誘っているようだ。象頭双身の抱き合った像ではなく、男と女そのものが全裸で抱き合い、交接している。

歓喜天が密教に取り入れられてからは、夫婦和合、子授け、財宝の神として信仰されたが、ここの歓喜菩薩は、古代インドで歓喜天が悪神とされていたように、邪神そのものに見えた。

「さあ、どちらが先だ。それとも、いっしょがいいか。すぐに触れていいぞ」

大現師は門徒に顔を向けた。

ふたりは視線を合わせ、同時に動いた。

「慈悦、うんと声をあげろ。久しぶりにほかの男達に触ってもらえて嬉しいだろう。見ていてやりたいが、今夜は忙しい。せめてわしがいるところにまで聞こえるよう、いい声をあげることだ」

花びらから垂れた鎖がたえず震えている。

「おまえ達、あとでお布施も抱くがいい。一の坊に置いておく。その前に、お布施を逃がそうとした慈悦の方をたっぷりとかわいがってやれ」

大現師は慈悦を冷ややかに見つめた。

(憎悪を剝き出しにした大現師さまの目……きっと途中で許してもらうことはできないわ……どれだけここで辱しめを受ければいいの……いや……)

許しを乞う言葉がいかに虚しいことか、慈悦にはよくわかっていた。それでも、口を開きたくなる。だが、大現師の有無を言わせぬ表情を見て取った慈悦は、最後の言葉を飲みこんだ。

「慈悦さま……以前と同じようにお美しい。いや、以前より……」

「慈悦さま……」

男達は阿愉楽菩薩に手を合わせ、次に、慈悦に手を合わせた。

「足腰が立たぬようになるまで触れてやれ。半端なことでは、慈悦は改心すまい」

大現師は慈悦のやや青ざめた顔を見てほくそえんだ。

「おまえともあろう女が、なぜお布施の女を逃がすようなことをした。人にはいつも迷いがあるものだ。今のうちにその迷いを消すことだ」

本殿に繫がれると知ったときから、多美子の顔が浮かばなかったわけではない。しかし、拝むように感謝していた多美子を思うと、自ら慈悦の名を口にするとは思えなかった。それに、その慈悦という名前さえ知らないはずだ。だが、大現師に責められれば口を開かないわけにはいかなくなるだろう。

もし、女に助けられたと多美子が口にすれば、女の少ない寺のこと、真っ先に慈悦が浮かぶはずだ。

「数日、そこに繋いでおく。明日から、噂を聞いた信徒達が押しかけて来ることだろう」

血の気の失せた慈悦の横顔を、大現師はいつもより美しいと思った。

男達は大現師の言葉などどうわの空で、いっときも早く慈悦の軀に触れることだけを考えていた。

大現師は慈悦から少し離れて座った。ふたりの門徒は立っている慈悦を前後からさっと挟んだ。ひとりは背中を舐めはじめ、もうひとりは目の前の唇をすぐに覆うのを遠慮し、乳房から舐めはじめた。

足袋のなかの親指をぎゅっと畳に押しつけた慈悦は、眉根を寄せた。乳房を揉みしだかれながら乳首を吸われ、顔を押しつけられ、背中にも別の舌が這いずりまわっている。その舌はまどろっこしいほどゆっくりと肩先や肩胛骨の周辺を行き来し、徐々に下方へとおりていった。

大現師はほくそえみながら出ていった。

(ほかの男達に触れられるのが惜しくなったと、あれほどわたしを愛しがってお抱きになっていながら……冷酷な方……とうにわかっていました。でも……)

慈悦は大現師のうしろ姿を、哀しみの視線でちらりと見つめた。

「慈悦さま、脚をお開きください」

「どうか、おふたりでいっしょに触れるのはおやめになって……どうせ逃げられないのですわ。ですから……後生です……」

獣性のまま男達にもてあそばれることは、感じやすい軀をしているだけにそら恐ろしかった。

「何もかも忘れて肉の悦びに浸ることが、今の慈悦さまにはいちばん大切なことです。さあ、大御足《おおみあし》を」

前の男も言った。

慈悦は首を振り、きっちり膝を合わせた。

「阿愉楽菩薩さまとひとつに繋がれていらっしゃりながら、そんな聞き分けのないことはとおりません。おわかりのはずです」

「後生ですから……どうか……」

ここ数年、大現師ひとりだけに愛されていた慈悦は、いやがうえにも過去のことを思い出す。この本殿で愛されることは、快楽の訪れより苦痛が大きいことを忘れてはいない。

「さあ大御足を」

ひざまずいている男が慈悦を見上げた。苦痛の表情を浮かべながら、慈悦はわずかに脚を開いた。

「もっと大きく」

絶望の声をあげながら、慈悦はさらに脚を開いた。

花びらと菊蕾への愛撫が同時にはじまる。男達の口技と指技は巧みだ。大現師とともに、これまで幾人の女達に声をあげさせてきたかわからない。言葉は丁寧だが、行為は蛇のように執拗だ。

秘園は媚薬のような匂いを発散させていた。男は秘所に鼻頭をのめりこませ、淫靡な匂いを嗅いだ。

「おお、慈悦さまの匂い、あのころよりいっそうかぐわしゅうございます」

羞恥に慈悦は目を閉じた。

男が恥毛を口に含む。うしろの男は尻たぼをくつろげ、秘菊をべちょりと舐めあげた。

「あう……」

白い歯が光った。うなじに落ちた細いおくれ毛が、心細そうに揺れ動いた。

秘所をくつろげた男は、阿愉楽菩薩に繋がれている金の鎖のついた右の花びらを愛しそうに見つめた。

ふっくらした大陰唇の内側の大きめのサーモンピンクの花びらは、ぬらりと舌を出した貝のようだ。いちじ大現師に、片方だけ鎖のピアスをつけられてもてあそばれていたため、右の陰唇の方が左より大きく変形している。

大現師は右の花びらにつけた鎖を部屋のどこかしこに繋ぎとめ、花びらがちぎれるのではないかと不安におののく慈悦を見て楽しんでいた時期があった。繋ぎとめたまま休ませるときもあった。そんなときは、寝返りでも打てば間違いなく鎖が花びらを裂いてしまうだろうと、慈悦は一睡もできなかった。

鎖をクイクイッと軽く引いてもてあそぶ当時の大現師は、子供が遊びに興じているような笑みを洩らしていた。だが、慈悦は、その笑みの奥の冷血動物の匂いを嗅ぎとらずにはいられなかった。

阿愉楽菩薩と比丘尼の陰唇同士を鎖で繋いでもてあそぶというのは、そのとき大現師に閃《ひらめ》いたものだ。

それから慈悦は、何かの儀式にかこつけて幾度か阿愉楽菩薩に繋がれた。本殿での交わりは、門徒達にとって、坊で女を抱くのとは比べものにならない刺激だった。

今も、ふたりの門徒の心臓は飛び出さんばかりになっている。

大陰唇と花びらの間の両方の肉溝は、慈悦の細やかな肌よりいっそうつるつるし、淫靡な湿りをおびていた。

男の唇が鎖のついていない左の花びらを挟み、揉みしだいた。舌で花びらの縁をそっと這っていった。男はまだ花びらだけにしか触れていなかったが、みるみるうちに肉芽が莢を破り、飛び出してきた。

菊花も巧みな男の口でもてあそばれている。秘菊さえしっとりと潤いはじめ、菊襞も湿りを帯びてきた。

膝の力が消え失せ、自分の足で立っていることが困難になってくる。無意識のうちに慈悦は前の男の肩をつかんでいた。

菊芯を硬い舌先がつつっとつつく。鎖が揺れ、どっと愛蜜が流れ出た。前の男は蜜液を舐めあげた。

「ああっ……もう……立ってはおれませんわ……お許しになって」

言葉が終わらぬうちに、秘芯に指が入りこみ、膣襞を探った。

「慈悦さまのここはほんにあたたかい。じわりと指を締めつけてきます。この鎖さえなかったら、ここに太いものを入れられますものを」

花びらを傷つけないためにも、男根を傷つけないためにも、鎖がついている間はワギナで交接することができない。花びらから伸びた鎖で本殿の阿愉楽菩薩に繋がれた女と男は、かろうじてアナルでしかひとつになることはできない定めがあった。

うしろの男は菊花に指を挿入しようとした。

慈悦は激しく尻を振った。

「じっとしていることです、慈悦さま」

「汚れています……汚れていますわ……」

これから気の遠くなるような時間を容赦なくいたぶられるとわかっていても、最後のプライドまで消し去ることはできなかった。

「わたしは一向にかまいません。慈悦さまのものなら、何でもこの手で触ることができます」

慈悦は屈辱に首を振った。

「ここに繋がれておいでになる間は、わたしが下の世話をしてさしあげましょう。そう大現師さまにお願いすることにいたします。わたしの名誉でございます。ですから」

「どうか後生です……」

何としても男の指から逃れなければと思った。慈悦は身をよじり、ふたりの男の間から抜け、鎖のついた花びらを庇って阿愉楽菩薩の方にわずかに近づき、膝を折って丸くなった。

「慈悦さま、もとの場所にお戻りください。ここに立っていただきましょう」

ひとときの時間稼ぎにしかならないのかもしれないが、慈悦は首を振って拒んだ。

「慈悦さまともあろうお方がどうなさいました。幾度となく、女が辱しめを受けながらも歓喜の声をあげたのをお聞きになり、その目でご覧になってこられたはずです。そして、数年前まではご自分も」

「ああ……もうおっしゃらないで」

そのときの自分を思い出すだけで、ぶるっと身震いしたくなる。

「さあ、こちらへ。今度は四つん這いになっていただきましょうか。その屈辱とお思いのうしろを、ふたりでうんと悦ばせてあげることにいたしましょう」

男達は慈悦が自分の足で戻ってくるのを待った。

「どうか……せめて……きれいにしてから……」

きれぎれに押し出した言葉は、屈辱的だった。

「それはどうすることか、はっきりおっしゃっていただかないと」

恥じらいを楽しむため、男は故意に尋ねた。

「お、お浣腸してくださいませ……」

慈悦はうなだれた。

「聖なる本殿の阿愉楽菩薩さまの前では許されない行為ですから、大現師さまに鍵をお借りし、本殿を出るために慈悦さまの鎖をはずさなくてはなりません」

鍵を借りてくる前に、四つん這いになり、自分の手で尻たぼをくつろげるよう男が命じた。

「ふたりで交代に舐めてさしあげましょう。いちど気をおやりになったら、すぐに大現師さまのもとへ参ります。いやとおっしゃるなら、このままうしろに」

穏やかななかにも有無を言わせぬ口調だった。

(門徒達はだんだん大現師さまに似てくる……女を辱しめることだけしか念頭にない……それも、執拗に、より淫猥に……)

唇を噛んだ。慈悦は、男達のところまでいざり、四つん這いになった。

最初、慈悦は右手を立てて軀を支えたまま、左手をうしろへ持っていき、二本の指で双丘を広げた。

「片手だけでいつまで軀を支えられますことか。頭や肩を畳につけ、両手で思いきりお開きください」

羞恥に打ち震えながら慈悦は右頰と右肩を畳につけ、両手をうしろにまわして尻たぼを左右に押し広げた。紫苑色の菊蕾が、ふたりの目に容赦なく晒される。恥じらいに菊襞がひくついた。

「いいお姿です、慈悦さま。美しい菊の花です」

慈悦は恥入った。

「では、早く気をおやりください。決してその手をお離しになりませんように」

ふたりの男が交代に菊口をもてあそびはじめた。舌でつつき、唇で這いまわり、指で丁寧に揉みしだく。

慈悦の全身が桜色に染まり、鼠蹊部から太腿にかけてぶるぶる震えた。

「うぅん……お、お許しを……くっ……」

菊襞は愛撫のたびにキュッキュッと蠢いた。汗が噴き出し、甘く妖しい肌の匂いが本殿に満ちていく。

慈悦は自己を失いかけていた。

菊口から広がっていく快感……。

もうひとりの男によって乳首から広がっていく快感……。

快楽の海にたゆたっている感覚しかない。

(やはり肉の虜でしかないのだわ……いやだと思っていても軀が火照ってくる……男に触ら

れれば軀がこたえてしまう……）

ずくずくと秘芯が疼いていた。

「ああ……どうか……わたしを……わたしを……」

慈悦はうわごとのように言った。

「極楽が見えますか」

（極楽……見える……ああ……自由にして……疼くわ……指の先まで……）

甘い声が唇から押し出される。

「なぜ、功徳《くどく》があると約束されている幸せなお布施を逃がそうなどとなさいました。ほかの者にはこの極楽を味わわせたくないと思われましたか。どうです、慈悦さま。おこたえなさいませ。得度までなさっておきながら」

二本の指が花芯のなかでグヌグヌ動いた。

「ああ……お許しを……魔がさしたのですわ……あう……」

「名誉を取り戻すには、もっともっと恥ずかしいめにおあいにならないと」

舌が菊壺に押し入ろうとした。

あっと声をあげた慈悦は尻を振り、尻たぼを広げていた手を離した。

男が歪んだ笑みを浮かべた。

「とうとうお離しになりましたな。仕置せねばなりません」

男は阿愉楽菩薩のくびれた腰にまわっている白い麻紐を取った。

「しっかりと四つん這いになっていることです。尻を打たれるたびに、お布施を逃がそうとした罪を悔いてください」

ヒュッと麻紐が空を切り、バシッと慈悦の白い尻を打ちのめした。

「ヒッ！」

赤い一筋の線が肌に刻まれた。

「いいお声です、慈悦さま」

ふたりは交互に麻紐を振り下ろした。肌を打つ音がするたびに、花びらから垂れている鎖が大きく震えた。

慈悦の目に涙が滲んだ。

「手を尻たぼから離した件につきましては、そろそろお許しいたしましょうか。この辺でお望みのことをしてさしあげます。ふたりの目で、じっくりと慈悦さまの排泄を見せていただきます」

ひとりが見張り、ひとりが大現師のもとへ鍵を借りに出ていった。慈悦は久しぶりに受ける門徒からの屈辱にうなだれた。

慈悦を繋いで本殿を出た大現師は、本坊で簡単な雑用を済ませ、沙紀のいる奥の坊に足早に向かっていた。

2

奥の坊は、六つある坊のいちばん奥にあたる。一の坊から五の坊までの部屋よりやや広く、二間ある。

床の間《とこま》の掛軸の書には〈陰陽〉とあり、男女の性器だけの結合があからさまに巧みな濃淡の墨で描かれていた。

がっしりした床柱や梁は女を拘束するのにもってこいの造りになっている。

隣の寝間には常に布団が敷かれ、派手な模様の光沢ある赤い掛け布団は、時代を遡り、廓を連想させた。

今は開け放たれている襖《ふすま》には、さまざまな性の体位が描かれている。

白装束の沙紀は、うしろ手に縛られ、床の間の前にうずくまっていた。湯殿で大現師とともに沙紀を浄めた男が、沙紀の見張り役だった。

大現師は浮き立つ気持ちで部屋に入った。敷きのべられた赤い布団がいつにもまして鮮やかに映った。

「どうした、ずいぶんおとなしいようだな」

鼻を赤くした沙紀の青臭さがいい。

(この人はいや……こんな人はいや……来ないで)

沙紀は尻であとじさった。

「うん？　わしの指で気をやっておきながら、まだ怖いのか」

ふふと笑った大現師は、傍らの男に顔を向けた。

「慈悦を阿愉楽菩薩さまに繋いだぞ。今、ふたりが相手をしておる。おまえはここにいる方がいいか。それとも、久しぶりに慈悦の裸を見てみるか。まあ、急がずとも、数日、繋いでおくつもりだがな」

男は沙紀にちらっと目をやったが、心はすでに慈悦のもとにあった。落ち着きなく、腰が動く。

「この娘はまだ女にするわけにはいかんからな。それなら、女の匂いのぷんぷんしている慈悦の方がよかろうな。おまえはかつて慈悦を何回抱いた」

「はい、一度だけ……」

「うん？　たった一度か。そうか、おまえがここの門徒になってしばらくして、慈悦はわしだけの身のまわりの世話をするようになったからな。で、よかったか」

「はい……それはもう……」

外の世界にいては簡単に抱ける女ではない。金を出して抱ける女などおおよそ相場が決まっている。きれいな軀をしていようとかわいかろうと、慈悦の内側から滲み出ている気品は、そう簡単に真似できるものではない。

たいして稼ぎもなく、これといった趣味もないしがない一介の男にとって、サラブレッドとつき合ったり結婚したりすることはまずありえない。つまり、男は阿愉楽寺に来たからこそ、生涯触れることができなかっただろう極上の女を抱くことができたのだ。

「あそこに繋いでいる間、好きにするんだな。と言っても、鎖がついているからには、普通のようには抱けん。わかっているな」

あれこれ想像し、男の肉棒が屹立した。

「大現師さま、入ってもよろしいですか」

坊の廊下で声がした。

「何の用だ」

「鍵を貸していただきたいのです」

「入れ」

男はにじるように入ってきた。

「慈悦のようすはどうだ」

「うしろをきれいにしてくれと……」

「言わせたのはおまえだろう」

大現師は口だけで笑った。

「どうだ、久しぶりに見る慈悦は」

「ますます美しくなられました。そばにいると震えるほどです」

慈悦のもとに行こうとしていた男がゴクリと唾を飲んだ。

「ほれ、鍵だ。うんとかわいがってやれ。この男もいっしょに連れていけ」

ふたりの男は沙紀には目もくれず、大現師に深々と頭を下げ、さっさと奥の坊から遠ざかっていった。

袋小路に獲物を追いつめ、あとはいくらでも素手でもてあそぶことができるといった面《おも》もちで、大現師はゆっくりと沙紀に近づいた。

(いや……来ないで……来ちゃだめ)

畳の目に逆らって、沙紀は寝間と反対方向に必死にあとじさっていった。

そのようすをニタリとしながら眺めていた大現師は、沙紀が壁に突き当たってそれ以上後退できなくなったとき、難なく捕え、力ずくで立ち上がらせた。そして、床柱を背負う形に手首の部分を繋いだ。

肩を揺すっていましめから逃れようとした沙紀だったが、床柱を倒しでもしない限りむだだと思えるほどきっちりとくくってある。

大現師は懐から、やや変色した数枚の写真を出した。

「これが誰か、おまえにはわかるな」

床柱に繋がれてもなおあらがいを見せる沙紀に、大現師は写真を一枚突きつけた。

写真は男女の絡んでいるものだった。男の肉柱を刺された二十前後の女が、夢うつつの顔をしている。口を半開きにし、恍惚の目をしていた。女は若い日の沙紀の母、舞子《まいこ》で、男は若い日の大現師だ。

(嘘……そんな……ちがう)

信じられるはずもなく、沙紀は首を振った。

「誰かわからんはずはないだろう。おまえの母も若く、わしも若かった。もっとあるぞ。じっくり見るんだ」

大現師は二枚めを突き出した。本殿の阿愉楽菩薩の前で、舞子がひざまずき、大現師の恐ろしいほど大きな肉茎を口に含んでいた。

（ちがう……お母さまじゃない……そんなはずないわ……）

沙紀はいっそう激しくかぶりを振った。

「おまえの母とわしとは知らん仲ではない。母親の恍惚の顔を見ただろう。おまえもすぐにあんな顔をするようになる。極楽を味わわせてやるぞ」

残りの写真をそこに置き、大現師は沙紀の白装束の胸を左右に割った。

「いやァ！」

床柱を背負ったまま、沙紀は精いっぱいあらがった。頭を振り、身をよじり、果ては、自由な脚で大現師を蹴ろうとした。

「ほう、なかなか元気がいいな。だが、少し行儀が悪いぞ。そのアンヨもくくっておかねばならんようだな」

蹴られないようにうしろにまわった大現師は、右足首だけをくくると、縄尻をぐいと真横に引っ張った。

沙紀の叫びが広がった。

右足が畳から離れ、軀と直角にあがっていく。それとともに、装束の裾が割れ、破廉恥に広がっていった。

「やめて！　お願い！　いや！　いや！」

激しい羞恥に、沙紀はパニックに陥っていた。

右足がほぼ直角になったとき、大現師は縄尻を留め具にかけた。

したばきをつけていない沙紀の秘部がちらりと覗いている。真っ白い装束からちらちら見え隠れする恥毛は、薄めとはいえ、なかなか煽情的だ。

「なんと恥ずかしい格好だ。十八の娘のする格好ではないぞ。恋人はおるか。おったら、呆れ返るだろうな」

引きあげられた脚を戻そうと、沙紀は哀しい抵抗を続けた。

大現師の手が装束の裾をつかみ、ぐいっとまくりあげた。

「いや……」

沙紀は泣き声をあげた。

大現師は肉芽に鼻をつけ、匂いを嗅いだ。湯殿で洗ったので、残念ながら処女の匂い、恥垢や残尿臭も消えている。

(門徒さえいなければ、風呂に入れたりはしなかったものを。もったいないことだ。まあ、そのうち二、三日風呂に入れないで嗅いでみればいいことだが)

単なる誘拐ではなく、ありがたい供物として連れてきたのだから、いちおう大現師として、信徒の前で儀式をしてみせなければならないのだ。

わずかでも男を刺激する匂いが残っていないかと、大現師はあわいめに鼻をつけ、思いきり息を吸った。あるといえばある。ないといえばない。そんな匂いでしかなかった。

（ああ、いやらしい……いや……ヘンタイ……）

おぞましさに沙紀は顔を歪めた。

顔を離した大現師は、はだけられた秘園に見入った。薄い恥毛に囲まれて咲く小さめのピンクの秘花、引き上げられた足とともに右の花びらが歪んで開いている。その歪みが、いかにも拗《す》ねているようで愛らしい。大現師は拗ねた右の花びらを、人さし指でぴらぴらともてあそんだ。

「い、いやん……あう……」

足をくくった縄が揺れた。

「これは何という名だ。言ってみろ。言うまでこうしているぞ」

やわらかい肉の花が大きな指で左右にもてあそばれると、沙紀の全身はピクピクした。片足だけで立っていなければならない沙紀にとって、支えはあまりにたよりない。

「いやっ。足を……足を解いて。あう……」

くすぐったいような、せつなくなるような、おかしな感覚が襲ってくる。

「蜜が出てきたぞ。自分でするときもいっぱい出るんだろう。自分でここを触ること、あるだろう？　こたえろ。自分でもするだろう？」

「し、しません。あ、あう！」

（わたしの軀じゃなくなっていくみたい……怖い）

湯槽のなかで駆け抜けていったあの火のような不可思議な快感。沙紀にとって初めてのエクスタシーだった。またあの気持ちが近づいている。

「オナニーをしたことがないと？　自分で触ったことはないのか。うん？」

好色な視線だ。喋っている間も、花びらをもてあそぶ指の動きはとまらない。

「あ、ありません。いやっ！」

忌まわしい指から沙紀はいっときも早く逃れたかった。

「ほう、それは上等だ。さっき湯殿でいい気持ちになったろう。あんな気持ちになるのは初めてだったのか。十八にもなっていながら」

沙紀は苦痛の表情でうなずいた。

「これから毎日、何回でもいい気持ちにさせてやる」

大現師は花びらを口に含んだ。途端に沙紀は気をやった。声をあげ、痙攣し、床柱を背負ったままズルリと落ちそうになる。鼠蹊部から太腿にかけての筋肉が震えている。蜜液が秘所をぐっしょり濡らしていた。

（どうなってるの……沙紀の軀、おかしい……怖い……助けて）

波が治まっても、沙紀はあんぐりと口を開けたままだった。

「感度良好だな。いいぞ。もう一度いけ」

新芽というにふさわしいほとんど顔を出していない肉芽を、莢の上からペロッと舐めた。

また呆気なく絶頂を極め、沙紀は鼠蹊部を引き攣《つ》らせた。大きな波に襲われると、その瞬間、心と軀がばらばらになる。片足で軀を支える力は失せ、膝を折り、ズルッと全身が落ちていく。その分、右足は高く持ち上がっていく。大現師が沙紀を支えた。

「ふふ、もう腰を抜かしおって」

いましめを解いた沙紀を布団に転がした。

エクスタシーの余韻で最初はぼんやりと天井に視線を向けていた沙紀だったが、大現師が脚を開こうとするとかすかに自分を取り戻し、太腿をキュッと合わせた。

「逆らうな！」

大現師が一喝した。

「またくくられたいか。尻っぺたをヒィヒィ言うほど打たれたいか。わしは今夜は忙しい。まだ仕事が残っておるんだぞ」

仕事とは、門徒より先にお布施の多美子を抱くことだ。

素早く軀を起こした沙紀は、助けて、と叫びながら廊下へ走り出た。だが、腰の力が失せており、たよりない走りにしかならない。

(足が動かない……もっと速く……ああ、どうして……)

もどかしさに泣きたくなる。

へっぴり腰の沙紀はすぐに捕えられた。そこへ、門徒のひとり北山が沙紀の声を聞きつけ、駆けつけた。

「おう、手伝ってくれ。なかなか素直にならん。見かけによらず手をかけおる」

(この人が助けてくれる……)

救いの神に見えた。

「助けて！　無理矢理連れてこられたんです」

半身を乗り出すようにして北山にすがりついた。

「逃げたりしたら罰があたるぞ。阿愉楽菩薩の名誉ある御供物として選ばれたのなら、もっと嬉しい顔をするものだ」

値踏みするように北山は沙紀の上から下までを観察した。

一縷《いちる》の望みさえ絶たれた沙紀は、坊の廊下で泣き崩れた。

細腕をがっしりつかんで部屋に引き入れた大現師は、白装束を剝がして沙紀を全裸にすると、北山に向かって太い梁を顎でしゃくった。

大現師が押さえている沙紀を手慣れたしぐさで縛りあげた北山は、縄尻を梁にかけた。手首をくくられた沙紀は、両手をあげて吊るされた。

多美子や慈悦の女そのものといったまろやかな軀とちがい、沙紀の全身は、乳房の膨らみがちぐはぐに思えるほど全体に幼さを残している。顔つきと髪型のせいでそう見えるのかもしれないが、しっとりと脂ののった女の軀というのは、やはり三十歳を過ぎるころからだ。だが、まだまだ未熟な沙紀の軀は、それはそれでうぶな魅力があった。

「折檻しろ。尻が真っ赤になるまで打ちのめせ」

大現師は沙紀の前にどっかと腰を下ろし、見物を決めこんだ。

ここで言う〈仕置鞭〉を持った北山は、沙紀の斜めうしろに立った。房鞭だ。

震える唇を見て、大現師は冷酷な笑みを浮かべた。

弾んだ音をたて、北山の振り下ろした鞭が沙紀の尻を舐めた。

恐怖に引き攣った沙紀が苦悶の声をあげた。

梁から伸びた縄がビンビン音をたてるのを楽しみながら、大現師の目は、沙紀の歪《ゆが》んだ顔を見つめていた。

尻が弾んだ音を放つたび、熱をもった肌はピンク色に染まっていく。

沙紀は鞭から逃れようと身をくねり、尻を振る。それは、恐怖や苦痛のためとはいえ、やはり女しか描くことのできない独特のやさしい曲線を描いて揺れた。

「手加減するな。いい眺めだ。その腰を喰ってしまいたくなるほどだ」

北山の振り下ろす房鞭は、そのたびに肉を打つ派手な音こそたてたが、まちがっても肌を傷つけるものではない。だが、沙紀は怯え、痛みを感じた。

「言うこと……聞きます……やめて。やめて」

恐怖に小水を洩らしそうになった。

「どうせまたすぐに逆らうつもりだろう」

大現師は胡座を組んだ右膝に片肘をつけ、頬杖ついて眺めた。

「逆らいません。怖い……やめて」

鼻をすすってしゃくりあげた。

「いつも、はいと言え。わしの言うとおりにしろ。素直に言うことを聞きさえすれば、折檻などせん。よし、解いてやれ」

自由になった沙紀の手首には、縄の痕がついていた。

「折檻してくれた奴に礼を言わんのか。打たれて心を入れかえたんだろう？　感謝しろ」

口を開けたが言葉にならず、沙紀はヒクッヒクッとしゃくりながら泣き続けた。

ふたりとも同情などせず、沙紀を寝間に引っ張っていった。

布団に転がし、枕を腰の下に入れ、ぐいと太腿を開いた。秘園が破廉恥に晒された。しゃくるたびに腹の筋肉が動き、縦長のかわいい臍が動いた。

「まだ、なかに指は入れるな。こいつが建立二十年めの御供物だぞ。きれいな色をしておるだろう。破瓜の血もさぞかし美しいことだろう。今は、まだ男を知らんそこをやさしく嬲ってやることだな」

大現師は沙紀の両腕を広げて押さえこんだ。

薄い恥毛をひと撫でした北山は、秘所を指で開いた。

悲鳴があがった。

逆らわないと言ったばかりの沙紀だったが、いざとなると足を閉じようともがく。割った脚に入りこんだ北山の軀が邪魔をし、虚しいあがきにしかならない。それでも沙紀は腰をひねり、脚をばたつかせた。

北山は秘芯の奥を窺った。

鳥肌だった沙紀がヒイッと、風のような音を喉から絞りだした。

二枚の愛らしいピンクの花びらが、半開きの唇のように広げられた脚に添って開いている。

肉芽はほとんどクリトリス包皮に包まれ、先ほど気をやったとはいえ、ほとんど顔を見せていない。花びらの内側の輝くピンクの処女膜が、北山の目に痛いほどぬらぬら光り輝いた。

「おまえの母親はな、もうわかったと思うが、ここにいたことがあった。おまえのように一方的に連れて来られたのではなく、好きな男とやって来た」

沙紀のあがきをよそに、大現師は世間話でもするように話しはじめた。

花びらの先を北山がわずかでもいじると、沙紀は足指の先をピンと天井に向けて喘《あえ》いだ。

「舞子は自由になりたがっていた」

指は肉莢に移り、軽くクリクリッと摩擦した。

熱いものが軀の奥から迫り上がってくる。

(あ……なに……これはなに……またおかしくなる……熱い……いや……)

満ちてきた不思議な感覚は、塊となって一気に身奥を突き上げた。

「い、いやァ!」

拍子抜けするほど呆気ないエクスタシーの訪れだった。

花芽を包んだ包皮を、北山はそのままゆっくりと揉みしだき続けた。

沙紀は続けざま気をやる。苦悶と快感のない混ぜになった表情を浮かべ、白い歯を見せて声をあげる。北山の冷静な指の動きに、許して、許して、と狂ったように繰り返している。

「大現師さまと言え。わしは現世の仏、大師だ。だから、大現師という。覚えておけ。ここでは何でもわしに頼め」

「だ、大現師さま……あう……許して……その人を、あう……とめて……くうっ！」

まだ子供の面影を残している沙紀が女の声をあげ、自分で動かせる唯一の首をもげそうなほど振りたくっている。

「舞子もおまえぐらいのとき、わしや門徒にかわいがられて、気持ちがいいと幾度となく言いおった。写真のようなうっとりした顔をしてな」

ぐったりした沙紀が、息さえとめたように身動きしなくなった。

「あっ……」

北山が短い声をあげて顔を離した。

「どうした」

「粗相を……」

「うん？」

白い太腿はぐっしょり濡れている。布団に大きな染みがあった。アンモニアの匂いがじわりと広がった。

(赤ちゃんのようにお洩らしするなんて……恥ずかしい……だけど、急にお洩らししたくなって……我慢できなかった……)

沙紀は痴呆のようになっていた。

「洩らすほどよかったか。洩らす前に、知らせたらどうだ」

沙紀の目は虚ろだ。口を開いたまま身じろぎもしない。

「ションベン臭ェガキ、何か言ったらどうだ」

(酷い……)

せせら笑う北山に、沙紀は身悶えした。

「洗ってやれ。わしは次はお布施の相手だ。洗ったあとは自由にするがいい。だが、まだ処女のままにしておくんだぞ。逆らったら折檻しろ。身も心もとろけさせ、ねだるようにてなずけろ」

手の形がつくほど乳房をぐいっとつかんだ大現師は、若い感触に満悦の笑みを洩らして部屋を出た。

3

一の坊で、全裸の多美子は四肢をひとつにされ、転がっていた。その縄尻は鴨居にまわり、手足が上を向いている。いくら腿を合わせようと、秘園と菊蕾は隠すことができず、これみよがしに性器を晒していた。

この部屋は沙紀のいた奥の坊よりやや狭いが、造りは似たようなものだ。床柱が女の汗を吸って黒く光っている。

寝間を隔てる襖には、どの部屋も異なった体位が描かれていた。

大現師が入ってきたのを知ると、多美子は顔をそむけた。

「なかなかいい姿だ。この縛り、狸縛りといってな、ほれ、捕えられた狸がこんな格好で木の枝にでも吊るされて運ばれるのを何かで見たことぐらいあるだろう」

多美子は尻を動かした。だが、そこから動くことはできず、秘所を隠すこともかなわない。

大現師は多美子の性器の前に腰をおろした。

菊花がわずかに赤くなっている。

「きれいになったようだな。ここにいる間は毎日、腸の中まできれいにしてやるぞ。どうだ、浣腸は恥ずかしかったか」

ふたりの男にされたことを思い出し、多美子は屈辱に身を震わせた。

「前よりうしろの方がよっぽどいいという女もおる。口で言うより、試すのがいちばんだな」

指をVにして菊襞を広げ、大現師はアヌスの観察をした。くいっと指先に力をこめて広げるほど、菊口はきゅっとすぼまろうとする。

破廉恥な指から逃れようと、多美子は鴨居にまわっている縄を四肢で引いた。縄がぴんと張るだけで、いましめは決して解けそうにない。

（やめて……そんな……）

指は菊襞を揉みほぐしはじめた。まだ堅い菊花だ。多美子が力を入れているからだけでなく、処女地の証だ。

嫌悪感だけしかない。多美子は何とか忌まわしい指から逃れたかった。腸は空っぽのはずなのに、初めてアヌスを触られる気色悪さに、便意が訪れそうだ。気のせいだとわかっていても、気にすればするほどアヌス周辺の菊壁から何かが迫り上がってくるような気がしてならない。

背中を畳にこすりつけるようにして軀を動かす。それでも四肢をひとつにされ、そこから伸びた紐が鴨居にまわって留められているとあっては、同じ場所で虚しいあがきをしているにすぎない。

「ほれ、こうやって尻の穴をやさしくしてやると、少しずつやわらかくなってくる」

太い指は菊襞から菊芯に向かって虫のように微妙に動きまわる。菊座に指の腹をつけて揉みたてる。

（しないで……そんなところ……やめて）

不快さはわずかずつ全身の痺《しび》れに変わっていく。菊花は徐々にやわらかくなり、全神経がアヌスに集中する。気色悪さより疼きの方が大きくなる。

じっとしていることができず、尻を振る。くねりくねりと動く尻は、男に真似できない牝だけの蠢動だ。

「もっともっと恍惚となれ。おまえはこれが好きでたまらんのだ。連れ合いひとりだけに抱かれるより、ここで多くの男に抱いてもらう方が幸せだぞ」

多美子は汗を噴きこぼした。

「おまえは根が好き者だ。だから、ほれ、そんなにうっとりした顔になるんだ。ほんとうにいやなら、最後までそんな声は出しはせん。軀は正直だ。ほれ、これはどうだ」

大現師の太い指が、ついに菊壺に入りこんだ。

「ヒイッ！」

ゆるんでいた菊芯がキュッとすぼんだ。

「今夜中にどうあってもわしのものをここに入れる。裂けて血が噴き出さんように、言われたとおりにする方が身のためだ。わしのものはでかいぞ」

多美子はそそけだった。

大現師は菊座を揉みほぐしながら、多美子の夫に、まだうしろに触るなと言い含めておいたことを話した。それを守った分、ここではほかの女のアナルをよく犯していたという。

「一度味わったワギナとちがう菊の締まりが忘れられんとみえてな。わしがおまえのうしろの処女をいただいたら亭主に渡してやる。ケツを持ち上げて今のようにくねくね動かしてみせれば、涎《よだれ》を流して悦《よろこ》んでくれるぞ」

何とか指から逃れようと尻をもぞもぞさせていた多美子だが、大現師の言葉に、尻の動きをとめた。かわりに、足の親指と人さし指をこすりあわせ、拳をきゅっと握った。汗がすぐに掌をじっとり濡らした。

侵入を拒むすぼんだ括約筋に阻まれ、大現師は指をそれ以上深く挿入できないでいた。反対の手で肉芽の莢を揉みしだきはじめる。莢を揉みながら、アナルの指をわずかに動かす。動かしながら広げ、沈めていく。

多美子は口を開け、ハッハッと荒い息をした。これまで味わったことのない快感がいやおうなく全身を舐めあげ、快楽の底に沈めていく。

(どうして……ああ……狂ってしまう……こんなに恥ずかしいところを触られているというのに……いや……)

菊花をもてあそばれているのに秘芯が疼く。秘裂のあわいめがズキズキし、そのやるせない快感はじっくりと膣から子宮に向かって広がっていく。

「ああ……もうだめ……いや……やめて……」

尻が卑猥に動いた。

「そうか、それならちょっと休憩だ」

大現師はあっさりと指を抜いた。

異物の退いていく感触に多美子は打ち震えた。

(やめないで……ああ……つづけて……)

いやと口にしたものの、本当はそのままもてあそんでいてほしかったのにと、大現師が恨めしかった。生煮えの味気なさがもどかしくてならない。

「どうだ、じんじんしたか」

アヌスに沈めていた指をこれみよがしに多美子の顔の前に持っていった大現師は、次に、自分の鼻先に移し、匂いを嗅いだ。

「いやァ！」

快感の余韻がいっぺんに醒めていく。

大現師が下卑《げび》た表情でふふと笑った。

「狸ではかわいそうだな。わしのものを口で慰めるなら解いてやる。精も飲み干せ。どうだ」

　これ以上破廉恥な格好で嬲られたくなかった。多美子はうなずいた。

「それだけで終わるとは思うな。あとで、アヌスがうんとやわらかくなるよう努力しろ。わかったか」

「は……はい」

　今は素直に返事だけでもしておく方が得策だ。

　大現師は紫の衣を脱いだ。男根がふんどしを突き上げている。ふんどしを取ると、多美子の夫よりひとまわりもふたまわりも太い肉柱が頭を持ち上げていた。

「あう……」

　子供を生んだ多美子の秘芯にさえ、そんな太いものが入るかどうか疑わしい。まして、うしろになど入るはずがない。

（隙を見て逃げなくては……こんな大きいものを入れるなんて……それもうしろに。恐ろしい……）

　くいくいっと肉柱を動かしてみせる大現師に、多美子は喉がからからになった。

「ふふ、どうした。立派だろう。ここにいる間、こいつを前にもうしろにも入れてやる。太いのが好きだろう？」

「うしろに……そんな……そんな大きなものなんて……」

　悪寒が走り抜けた。

「入る。必ずな。おまえを逃がしたあのかわいい顔をした女にさえ受け入れられるのだ。おまえの尻に入らぬわけがない」

「ご、後生です……ほ、ほかのことを……」

　大現師はニヤリとした。

「ともかく、まずはしゃぶれ」

　狸縛りにしたまま、大現師は腰を浮かして多美子の頭を跨いだ。

　青筋だったグロテスクな剛直が多美子の口に押し入った。顎がはずれそうになり、多美子は低く呻いた。剛毛が口の周囲の皮膚を刺した。

「うまいか」

　大現師は笑いを浮かべて多美子を見おろした。多美子はくくられているため動けない。大現師が腰を浮かしては沈める。

　肉根が喉を突き、窒息しそうになった。やめて、と目で訴えた。

「もっとうまそうに舐めんかい！」

　哀れな視線を無視し、大現師が怒鳴った。

唾が多美子の顔に飛んだ。汚らわしいだけの飛沫だった。

動けない多美子にとって、太すぎる大現師の肉棒を口に含むのは苦痛でしかない。それでもあとあとのことが恐ろしく、必死で肉茎を受け入れた。

やがて、剛直が口を離れた。ようやく多美子は惨めな狸縛りから解放された。

「ひざまずいて舐めろ。人妻らしく上手に奉仕しろ」

仁王のように立った大現師の前にひざまずき、大きく口を開いた多美子は、恐ろしく青筋だった肉柱に顔を近づけた。

見れば見るほど醜悪な性器だ。息をとめて一気に口に入れる。怒鳴られないうちにと顔を前後に動かす。だが、精いっぱい口を開けているので顎がすぐに疲れた。

「どうした。もっとうまくやらんか。そんなことで気をやれると思うのか」

多美子は夢中で奉仕した。だが、耳の下の蝶番《ちょうつがい》がはずれそうになり、早々に屹立を出し、側面を舐めあげた。まんべんなく舐めたあと、えらの張った肉傘の裏を舌先で舐めあげた。

(はやくいって……お願い……こんなに一生懸命にしているのに……お口が……怠《だる》い……)

生あたたかい手が多美子の頬に触れた。

「うぐ……」

多美子は不意をつかれて仰天し、硬直した。そのあまりの驚きようを、大現師が笑った。

「おまえのフェラチオでは気をやれそうにないわ。もういい」

腰を引いた大現師に、多美子の顔色が変わった。

(うしろはいや……そんなこと……)

わずかに距離の離れた大現師に、多美子は慌てていざり寄った。

「します。もっと上手にしますから」

両手で剛棒を包んだ。

「どんなにうまくやってもアナルは犯される。わかるだろう？　何のために浣腸させたと思っているんだ。聞き分けのないことを言うな」

その気になっている大現師に、多美子はどっと汗を噴きこぼした。

さっとあたりを見まわす。多美子の方が大現師より廊下に近い。もういちど逃亡を試みるしかない。

逃げようとした瞬間、それに気づいてか偶然か、大現師が痛いほど多美子の腕をつかんで引き寄せた。多美子はぞくりとした。

「早く終わらせないと門徒達がやってくる。もうじき坊の廊下にわんさと行列をつくるわ。今夜、わしは忙しい。何もかもいっしょになってしまったからな」

「ゆ、許して……」

腕にがっしり食いこんだ手は、どうあがいてもはずれそうにない。

「また狸になりたいか。あの縛りは股倉を責めるには好都合だからな。あの格好でうしろをかわいがってやってもいい。慣れないうちは四つん這いより、仰向けになって入れられた方が楽だろうからな」

大現師は縄を取り、勝者の笑みを浮かべた。そのとき、

〈いや……だめ……いやァ！〉

女の声がした。子供のような甲高い声に、多美子はぎょっとした。

大現師は目を細めた。

「あれはまだ処女でな。今どきの十八にしては珍しい。舐めまわすと、すぐ気をやりおる。十四歳になるおまえの娘にも、ふふ、いちど会ってみたいものだ。向こうで声をあげている娘のように、容赦なく連れてくればいい」

娘と聞き、多美子はがっくりと力を落とした。

「四つん這いになれ。話はそれからだ」

唇を噛みながら、多美子は大現師の前で犬の格好をした。屈辱の姿を晒しながら、悔しさと恐怖に打ち震えた。

「おまえは連れ合いによってお布施として寺に差し出された女だ。肝に命じておけ。持ち上

げた尻を、さっさとこっちに向けろ！」

太い高圧的な口調にビクッと全身を硬直させ、多美子はようやく大現師に尻を突き出した。

「膝を開け。淫らな性器がうしろからでも丸見えになるようにな」

破廉恥な言葉は、ますますプライドを傷つけた。

大現師は自分に向いた多美子の尻を指で開き、腰が落ちそうになると間髪を入れず尻を打ちのめした。

菊芯を生あたたかい舌がつっとよぎった。ざわっと鳥肌がたち、全身の産毛が逆《さか》だった。

（おぞましい……後ろを舐められたんだわ……嘘……）

菊花に舌の洗礼を受けるぐらいなら、いっそスパンキングを浴びていた方がいい。だが、なぜか、すぐさま尻を持ち上げてしまう。

不快感のあと、さっきと同じ快感の波が訪れてきた。多美子は声をあげ、腰を振った。

菊襞から菊芯に向かって円を描くようにさんざん舐めまわしていった大現師は、顔を離し、獲物のようすを窺いながら、ねっとりとアヌスを揉みほぐしはじめた。

狸縛りのまま触られたときより何倍も強い快感が襲ってくる。

（ああ……たまらない……おかしくなるわ……だめ……やめて。そんなところ……触らないで）

アヌスを触られているのに花園の花びらが充血し、見るからに貪欲な蜜液をタラッと垂らしながら咲き開きはじめた。その合わせ目の肉芽は敏感な一匹の妖虫となり、トクリトクリと妖しく脈打ちはじめていた。

ズーンズーンと頭の奥まで痺れていく。アヌスも肉芽も、一本一本の指先までも、全身がただ快楽の塊となって疼いている。クリトリスがトクットクッと徐々に速く脈打ってくる。

「いい……あ、ああ……いい……」

ついに多美子は恍惚の言葉を洩らした。

大現師は菊口にわずかに指を挿入し、グヌリグヌリと動かした。

ついいましがたまでおぞましいとしか思っていなかった男の指に、多美子は呼吸さえ合わせようとしていた。

(もう……どうなってもいい……)

いつまでも甘美な波のなかを漂っていたい気がした。

「やっとわかったか。もっともっとよくなるぞ」

尻を高く上げ、突き出し、多美子は少しでも大現師の指に近づこうとした。

「もう覚えおったな。おまえは肉の虜だ」

「あう……こんな恥ずかしいことを……多美子は……おかしくなりました……」

大現師の人差し指は菊口で動き、親指は秘芯に入りこんだ。二本の指でアヌスと膣を隔てた薄い膜を揉みほぐしていく。

「ああう……も、もっと……」

多美子の脳裏が白くなった。

第三章　蘇った淫夢

1

沙紀の母舞子は、花の稽古に行った沙紀が、遠い日にかかわりあった男の関係者に連れ去られたのを知った。

「わしを覚えておるか。約束を果たさせてもらう。もうじき、阿愉楽寺建立二十年めとなる。おまえと交わした若い日の約束、忘れてはいまい」

電話の声を聞いたとき、舞子は愕然とした。

「娘は今ごろ、門徒に案内されてこちらに向かっているころだろう。連れ合いに真実を話すより、娘は急に思いたって旅行にでも出かけたことにするのが賢明かもしれんな」

「嘘……そんな……」

唐突なタイムスリップに、舞子はパニックに陥った。あまりに非現実的だ。

「どうしても鳳城大《ほうじょう》に行きたくて、今年受かった清扇《せいせん》女子大を蹴って浪人中だということも調べてある。これまた好都合なことだ」

目の前が真っ暗になった。

「娘に罪はありません。娘を返してください！」

電話ということも忘れ、舞子は大きな声を出した。

「また連絡する。しばらく帰らんと思え。建立の祝いは二週間後だ」

無情に大現師は電話を切った。

受話器を持ったまま、舞子はしばらく呆然としていた。

はっと我に返り、華道教室に電話を入れた。一時間ほど前に出たと言われたとき、それならとうに帰宅している時間だと、暗澹《あんたん》となった。

家を飛び出し、沙紀の姿を探した。だが、むだだった。

それから一時間が経過した。

警察に電話しようと思わなかったわけではない。だが、大現師のもとにある過去の卑猥な写真を思い出し、公になる恐れに受話器を置いた。

沙紀を救い出すのが今はもっとも重要なことだ。が、たとえ救い出せても、過去を暴かれてしまえば、沙紀に軽蔑され、夫になじられ、もとの仲むつまじい一家には戻れない気がする。

　十九年前、希望の大学に合格したとき、舞子の長かった受験戦争はようやく終わりを告げた。家庭での厳しい躾。優秀な家庭教師をつけての毎日の学習。舞子は学校でも家庭でも申し分ない存在として日常を過ごしていた。そして、期待を裏切ることなく、ストレートに一流大学に合格もした。

　そんなとき知り合ったのが、できたばかりという新興宗教、阿愉楽教の信奉者、蝦沼《えびぬま》だった。

　幼稚園に入学するときから受験戦争の渦中にいた舞子は、激しい恋をしたこともなかった。人あたりのいい蝦沼に胸をときめかせ、夢中になるのに時間はかからなかった。

　それから舞子の青春は変わった。そして今、夢だったのだと思えるようになったそんな遠い過去から、また舞子を引き戻そうとする魔の手が伸びている。

(ああ……いや……)

　二十年近い昔のことを思い出し、舞子は首を振った。

(沙紀が同じめにあっているとしたら……)

　そう考えると気が狂いそうになる。たったひとりのかわいい娘だ。

　電話から一時間半たった。五時近い。

舞子は居間のソファーから立ち上がった。阿愉楽寺に行き、自分の手で沙紀を取り戻すしかない。

夫は合成樹脂や電子材料関係の企業に勤めており、昨日から出張している。明日の夜、遅い時間にしか戻ってこない。

(沙紀、待ってて。お母さまが助けてあげるわ。無事でいて……)

舞子は身支度をはじめた。

隣県の郊外にある交通の便の悪い阿愉楽寺の門前に舞子が着いたとき、家を出て三時間近く経っていた。あたりは暗い。近くに人家はなく、門徒の出入りも絶えている。

「三十分ほどかかるかもしれません。あまり遅いようでしたら声をかけていただけませんか」

タクシーの運転手にそう言いおき、息を吸って阿愉楽寺の門を叩いた。万一のことを考え、寺の者にはタクシーを待たせていることを秘密にしておくつもりだ。

門があいた。舞子はかろうじて興奮を抑えながら、ここにいるはずの娘を迎えにきたと告げた。

「ここで待っています。娘を連れてきてください」

まだ沙紀が魔手にかかっていないことを祈りながら、一方で、自分の身も警戒しなければならない。

「遠いところからいらっしゃったのでしょう。門前に立たせたままでは大現師さまに叱られます。どうぞ、お茶のいっぱいでもおあがりください」

大現師さまと聞き、舞子の肌にザァッと波がたった。

「ここで待っています」

あの男に会いたくはなかった。舞子の軀の隅々まで知り尽くした男だ。

「そこでは困ります。どうしてもとおっしゃるなら、大現師さまにお尋ねして参ります」

男はいったん消え、次にやってきたのは、見覚えのある男だった。舞子は短い声をあげた。

(蝦沼さん……まだ……ここに……)

忘れるはずもない。舞子の処女を奪った当時二十一歳の男が、中年の顔をして現われたのだ。

「十九年ぶりか。いい奥様になったな」

ボリュームのあるカーリーのセミロングと、沙紀に似た日本人形のようなぽっちゃりした顔に加え、ラベンダー色のシルクのブラウスが舞子をいっそう若々しく見せていた。十八になる子供がいながら三十そこそこにしか見えない。

家庭的に見えるが、決して妻の座に胡座をかいている主婦という感じではない。まだまだ男達の恋の対象になるはずだ。誰も三十八歳にもなっているとは思わないだろう。

「おまえの若いころに娘はそっくりだ。生き写しだな」

「まさか、まさか、沙紀を……」

思わず蝦沼の腕をゆさぶった。

「まだ女になってはいない。今、女にするわけにはいかんのだ。大事な阿愉楽寺建立二十年めの御供物だからな。ともかく、中に入ってもらおうか。話はそれからだ」

蝦沼は舞子の手首を握り、寺の中に入れようとした。それを舞子はつっぱねた。

「入るつもりがないならおとなしく帰ることだ。こちらは約束を果たしているだけだからな。大現師さまがおまえとの仲むつまじい写真を娘に見せたそうだが、感想でも聞いてみたらどうだ」

(沙紀……見てしまったの？　ずっといいお母さまでいたいと思っていたのに……)

虚勢が崩れ、軀がぐらついた。

抱えられるようにして境内に入った。小柄な体軀が、長身の蝦沼の胸にすっぽり納まっている。

本殿や、建て替えられて立派になった庫裡が、重い闇のなかにどっしりと沈んでいた。

まっすぐ庫裡に案内された。寺というより屋敷の一部といった感じの広い玄関には、そこで客が待つことができるように、丸い木のテーブルと二脚の椅子が置いてある。

玄関を上がると、開け放たれた板張りの部屋で事務処理をしていた数人の男達が、好色な目で舞子を見つめた。

客間として使われる日本間に舞子は案内された。

床の間には書が、床板には白磁の香炉が置かれているだけのすっきりした部屋だ。とうていここが淫靡な巣窟とは思えない。

（もしかして、まともな宗教に……まともなところになったのでは……）

一瞬そう思った。

「娘はさっき二度めの風呂に入っていたようだ。大事な御供物だ。きれいに磨いておかないとな」

まともな宗教に……などとひとときでも考えた自分の甘さに舞子は気づいた。全裸の沙紀を思うと、いてもたってもいられない。

「連れていってください。早く会わせて」

舞子は立ち上がった。

「連れていってもいい。だが、猿轡《さるぐつわ》をはめさせてもらう。手にはいましめをさせてもらう。どうだ、あきらめるか」

試《ため》すような口調だった。

「なぜ、そんなことをされなければならないんです……わたしをまた……」

悪夢と思った過去に引きずり戻されるのではないかと、舞子は動揺した。

「せっかく楽しんでいるところを母親に騒がれては娘が興ざめするだろう？　万が一のことを思ってのことだ」

口輪をはめられ、うしろ手に縛られた舞子は、庫裡を出、奥の坊へと連れて行かれた。

十九年の間に建て替えられ大きくなった建物、見知った建物、そのどちらの建物も、舞子には淫猥な性の監房に見えた。

沙紀は目隠しされ、手にいましめをかけられ、全裸の軀を布団に横たえていた。足を広げ、門徒の北山の愛撫を受けている。びしょびしょの秘園を北山が飽くことなく舐めまわしていた。

（ああ、沙紀が……かわいい沙紀が……やめて……）

娘の破廉恥な格好に舞子は仰天したが、猿轡に声が出ない。走り寄ろうとしても、蝦沼にいましめをぐいと引かれて動けない。

襖を開けて誰かが入ってきたことにも気づかないほど夢うつつをさまよっているのか、沙紀は甘い声をあげ続けていた。北山の方は気づいたが、動きをとめるどころか、いっそう念入りに舌先を動かしはじめた。

「あん……そ、そこ……」

舞子はあぜんとした。

どこかしら甘えた声だ。薄い翳りを持った腰さえわずかに突き出そうとする。

「今のところは何というんだ。さっき教えただろう。言わないとしてやらないぞ」

いましめをされて連れてこられた女の顔が沙紀と似ていることで、すぐにそれが母親と悟った北山は、沙紀の軀と舞子の心を同時にいたぶる気になった。

「は、花びら……」

「それはこれだろうが」

色素の沈着していない愛らしいピンクの双花を、北山は指でピラピラもてあそんだ。沙紀が身をよじった。

「俺の聞いてるのはな」

両方の脚の付け根をぐいっと持ち上げ、秘芯を上向きにして会陰を舐めあげた。

「くっ……そこ」

半びらきの口許から白い歯がこぼれた。

「質問にこたえろ。何がソコだ」

沙紀をくるりとまわして俯せにした北山は、畳に落ちている房鞭で数回、尻を打った。

「あん……いやん……痛っ！　あ……」

一本鞭で打つのとちがい、お遊びのかわいい仕置だ。それでも、端《はた》で見ている舞子には娘が哀れでならなかった。

（乱暴なことはやめて……傷つけないで……）

ただ傍観していることしかできないが、沙紀が目隠しされていることで、近くにいる自分の存在を知られていないことがせめてもの救いだ。

北山が鞭を置いた。

「覚えているのならどうしてさっさと言わない。ほんとうに覚えているのか」

沙紀がうなずいた。

「だったら、なぜすぐ言わなかった」

「恥ずかしいもの……ばか……」

甘えた口調だ。北山は鞭と飴をうまく使い、沙紀に対して短時間でほかの男とちがう親近感を与えることに成功していた。北山や蝦沼は、今や大現師の右腕ともいうべき存在だ。やり方はうまい。

「言ってみろ」

「アリノね……トワタリ」

蝦沼はもう少しで吹き出すところだった。

(しょうがない野郎だぜ)

何も知らない沙紀をいいことに、おかしなことをもっともらしく教えこんでいる。子供子供した女を軽くいたぶりながら一から調教していくのもなかなか面白そうだ。北山がこんなに生き生きしているのは久しぶりだ。

北山は余裕のある意味ありげな笑いを蝦沼に送った。

「はじめてこんなことをしてもらってどんな気持ちだ」

沙紀はまた口をつぐんだ。

「お尻ぺんぺんされたいのか。えっ?」

声を少々荒らげても沙紀はこたえない。スパンキングが好きなのだとわかってきた。今度は掌でバシバシと叩いた。尻がピコピコ跳ねる。

「あん……痛い……ばか……好き……恥ずかしいこと……好き」

打擲の音が続き、尻に赤い手の形がつきはじめると、ようやく沙紀がこたえた。

勝利の笑みを浮かべながらふたりの男が、どうだ、というように舞子を見つめた。

(そんな……嘘……)

俯せたままの娘を舞子は凝視した。

「きょう何をされたか言ってみろ。復習だ。言わないなら、裸のまま外の木にくくりつけるぞ」

沙紀はベソをかいた。

「乳房を舐められたの……乳首も……舐められたの……耳のところも……背中も……そして、恥ずかしいところを見られて……触られたの……指やお口で触られたの……お、お尻も舐められたの……全部……。いやっ。もういや！」

羞恥に首筋がぱっと染まった。

破廉恥な権力者に向かって、舞子は激しくかぶりを振った。

（やめて……それ以上言わせないで……）

「そしたらどうなった」

母親の困惑が大きいほど北山は調子に乗ってくる。

「変な気持ちになって……軀がガクンとなるの……変な気持ち……」

体重がかかって乳房が痛いのか、沙紀はくるりと仰向けになった。

ぷっくりした唇を北山は指でなぞった。その人さし指を唇の狭間に少しだけ差しこみ、出し入れする。舞子に向けた淫猥な視線は、ペニスの抽送にたとえているんだぞ、と言っている。

「ガクンとなるとき、変な気持ちじゃないだろう？　正直に言え」

「い、いい気持ち……」

また沙紀の頬に朱が走った。目隠しされているとはいえ、火照った顔を見られるのがよほど恥ずかしいのか、またくるんと回転して俯せになった。

（沙紀……嘘でしょう？　理不尽に触られていながら……）

仕置に怯え、心にもないことを口にしていると思いたかった。

「おまえをイイ気持ちにさせてやるためにここに連れてきたんだぞ」

イイ気持ち、に北山はやけに力を入れた。唇の端で笑っている。

「でも、くくられたわ。目隠しだってされてるもの」

拗ねた口調がやけにかわいい。

「くくるのは、好きだからくくるんだ。好きになるとくくってみたくなるんだ。さっき、母親がくくられている写真を見ただろう。気持ちよさそうな顔をしていたじゃないか。おまえもくくられるのが好きになる」

（ああ……そんな写真まで……）

目の前が真っ暗になった。舞子はその場にへたりこんだ。

「お尻もぶたれたもの……」

そんな舞子の動揺も知らず、沙紀はますます口を尖《とが》らせた。

「尻を打たれるのが好きなくせに。わかっているんだぞ」

滑稽なほど尻がもぞもぞと動いた。

「ケツをあげろ」

ばか、と言いながらも沙紀は尻を突き出す。

「こうされるの好きなんだな。ケツを叩かれるのは好きだと言ってみろ」

スパンキングをはじめると、声をあげて、痛い、を連発する。だが、沙紀には、ふたりで〈スパンキングごっこ〉をするときは、相手に合わせて声をあげるのが礼儀だと思っているところがあるようだ。声をあげることでけっこう楽しんでいるのもわかる。

「好きか」

バシバシッと桃尻を打ちのめしながら、北山も遊びに興じている。

「ああん、好き。お尻ぶたれるの、好き。ばか！　ばかっ。あん、もっと……」

悦びの声だった。

あんぐりと口を開けた舞子は畳に視線を落とした。

「今度は何をしてもらいたい」

「お口でして……全部……」

「全部か。それは大変だな。ほかの奴にも手伝ってもらわないとな」

北山が蝦沼に目配せする。蝦沼は舞子を床柱にくくりつけて沙紀に近づいた。

蝦沼が下身を責めることになり、北山は頭の方に移る。コリコリとなっている乳首をつまんで揉みほぐす。

（誰！　ずっといたの……？）

ようやくほかの男がいることに気づき、沙紀のか弱い抵抗がはじまった。

生ぬるい舌が秘園を舐めまわす。きょうはじめて知ったクンニリングスだ。あらがい、身をくねらせ、逃れようとするが、逃げられるはずもなく、すぐに昇天して打ち震えた。

「もういったのか。この好き者が。ほかの男の口でたった三秒でいったんだぞ」

蝦沼はクンニを続けていた。

「ばか……あっ！　もういや……目隠し……取って。どうして目隠しなんか……くっ！」

駄々をこねながら沙紀は気をやる。気をやっては、いや、を繰り返した。そのうちヘトヘトになり、声を出さなくなった。ピチャピチャッと秘所を舐めあげる猥褻な音がするだけだ。

（もうやめて……そんなことしないで……沙紀にさわらないで……何も知らない子供なのに……）

卑しい音に耳を塞ぎたくても、いましめのために塞げない。

秘園から顔をあげた蝦沼が、口辺を愛蜜で光らせながら立ち上がった。まるで餌を漁《あさ》って
ゴミ箱に顔を突っこんでいた野良犬のようだ。

「こんどは、おまえが娘のアソコを舐めていかせろ。母親だと気づかれないように決して喋るな」

ドキリとした舞子は、すぐあとで、この男は正気なのかと疑った。手の甲で口辺の蜜液をぬぐっている蝦沼をまじまじと見つめた。

「いやなら、たった今、娘はバージンとおさらばだ。親子ともおんなじ男に女にされるのもいいかもしれん。そうだろう？」

耳元の言葉は悪魔の囁きだ。

「娘のアソコを舐めるより、俺が女にする方を望むか」

（ケダモノ！）

舞子はちぎれるほど首を振りたくった。

「ということは、処女のままの方がいいから、おまえが娘の気をやらせたいというわけか」

口惜しいと思いながら、舞子はうなずいた。口輪が唾液で濡れている。

手のいましめを解かれたものの心を拘束された舞子は、十数年ぶりに見る沙紀の淡いピン

クの秘所が興奮に充血しきっているのを見つめた。

(赤ん坊のときはこんなじゃなかった……すっかり大人になって……)

胸が熱くなる。だが、その大人になった秘園を親の手で慰めなければならないのだ。

「もうひとりここには男がいるんだぞ。交代するからな」

「もういや……眠い……」

いやとは言っても、抵抗する気力はないらしい。

「眠いなら眠れ。勝手にナメナメしてやるからな。脚だけは大きく開いておけ」

思考力を失っているのか、沙紀は言われるまま、大きく脚を広げた。

近づくと、女芯だけでなく、全体の恥毛もしっとり湿っている。汗と蜜が混じり合ったものだ。

戸惑っている舞子に蝦沼は、しろ、と顎をしゃくった。

(ごめんなさい……この人達に触られたところをきれいに清めてあげるのよ……)

娘にというより、自分に言い聞かせた。

覚悟を決め、蜜液に濡れた花芯の縁を舐めあげる。

動かなくなっていた腰が、命を注ぎこまれたようにくねった。舞子ははっとして顔を離した。舐めあげた場所にまた蜜が溢れている。同じ女としての愛しさは、自分の娘であるだけになおさらだ。

（ああ……沙紀……お母さまがしてあげたのよ……ここにお母さまがいるのよ……許してちょうだい……そのかわり、ここの誰にされたよりいい気持ちにしてあげるわ……お母さまにできることはそれだけ……）

膨らんだ花びらの縁をそっと舐めあげていく。一人前の女の性器を見るのははじめてだ。これほど愛しいものとは思わなかった。舌の先で左右の尾根だけを交互にやさしく辿る。

沙紀はむずかるように腰を振った。

「軀がガクンとなりそうなときは、いく、と言うんだ。教えてやっただろう」

興味津々の傍観者、北山が言った。

「そ、それ、か、感じる……あ、あ、いっちゃう……あっ！」

口を大きく開けた沙紀が、不安になるほど激しく痙攣した。そして弛緩し、ぼろ布のようにだらりとなった。

ふたりの男は、これまでより激しい快感を表わした沙紀に面食らった。同時に、その快感を与えた舞子にも唸《うな》った。

「今の……すごく……すごくおかしくなるの……もう死んじゃう……許して……」

精根つき果て、丸太ん棒のようになっている。

「続けろ」

愛蜜で口の周辺を光らせてぼんやりしている舞子に、蝦沼が命令した。

（きれいにしてあげるわ。沙紀、うんときれいに……）

細い指で花唇を開き、肉溝の湿りをぬぐってやる。

次々と沙紀はクライマックスに達している。女の壺を心得ているつもりのベテランの蝦沼や北山もあぜんとするだけだ。

痙攣する沙紀に促され、舞子ははじめての行為に没頭した。溢れる蜜をすすり、舐め、果ては、口だけでは飽き足らず、指まで使って愛撫した。

「あうっ！　と、解いて！　自由にして！　手を握っておいて。ああっ！」

丸太ん棒のままではいられず、命を吹き返した若木になった沙紀は、坊中に聞こえる声で叫んだ。

あまりの快感に、何かを握っていなければ不安なのだ。軀がどこかに飛んでいきそうな危惧を覚えるのだ。

行為に没頭している舞子を、蝦沼がうしろから引き離した。その隙に、北山が沙紀をひっくり返して俯せにし、いましめを解いた。

舞子は蝦沼のわずかな隙をついてさっと離れ、ぐったり俯せている沙紀に近づき、そのこんもり盛り上がった尻の双丘を開いて口をつけた。

「あん……」

尻をピクリと持ちあげたが、沙紀はされるままだった。

自発的な母親の行為にふたりの男はまたも呆気にとられ、顔を見合わせた。

〈お尻も舐められたの……お尻も舐められたの……お尻も……〉

さきほどの沙紀の言葉がくるくると脳裏をまわっている。

北山の質問に、羞恥に首筋を染めてこたえていた沙紀を思い出し、母としてそこも清めてやらなければと思ったにすぎない。

(きれいにしてあげる。沙紀、きれいに……うんときれいにお母さまが……)

菫色《すみれ》のアヌスは、すでに光るほどきれいに舐めあげられていた。

きゅっとすぼんだ秘密の花芯がかわいい。自分で生み育ててきた娘に、汚いと思う場所があるはずはない。ピチョピチョ舐めまわしていると、不自然な行為をしているという感覚が消え、手を使えない動物達が子供を舐めまわすときのありふれた行為に思えてくる。

沙紀は思い出したようにときおり声をあげ、尻をピコッと持ちあげるだけだ。

「もう……眠って……いい……？」

絶え絶えに言う沙紀は、今にも眠りに落ちていきそうだ。

いつまでも娘から離れそうにない舞子に、ついに蝦沼がとめに入った。

「またあした……ナメナメして……とっても……眠いの」

舞子が離れると、すぐさま、かすかな寝息が広がった。

2

舞子は庫裡の客間でぼんやりしていた。蝦沼に気つけの飲み物を出されたが、口をつけようとしなかった。

娘を取り戻し、外に待たせてあるタクシーで、いっときも早く寺から遠ざかることしか念頭にない。だが、往復分の代金を払ってとうに帰されたと聞き、がっくり肩を落とした。疲労が澱《おり》のように沈んでいる。

「急ぐことはないだろう？　あのときのことをゆっくり聞いてみたい。なぜ、寺に戻ってくると言っておきながら結婚してしまった。唐突なことに驚いた。少なくとも俺はおまえを……」

「おっしゃらないで。あなたは最初から、ここの門徒や大現師にわたしを抱かせるために連れてきたにすぎないんですわ」

非難の目で訴えた。

「今になってなぜそんなことを言う……」

十九年前の舞子は、今の沙紀のように理不尽に連れてこられたのではなかった。蝦沼と恋に落ち、ここに来た。大現師に離れの本坊を与えられ、新婚生活のような甘い日々を送った。蝦沼と大現師に、性の自由こそ精神の自由だと説かれ、複数との性の悦びもそのひとつだと言われた。やがてそれを信じた。そして、自ら進んで坊に入ることを望みもした。そこで多くの男に抱かれることが、あのときの舞子の望みだったのだ。

いま沙紀のいる奥の坊が気に入っていた。幾夜もそこで過ごした。蝦沼との生活のために与えられていた本坊にいる時間より長くそこにいたのかもしれない。蝦沼が嫉妬するほど、ほかの男達の腕のなかで甘い声をあげた。

〈おまえの方が悟るのが早い……〉

あのとき、蝦沼はそう言い、舌をまいた……。

「そうだったよな。おれがいちいち喋らなくても忘れてはいまい」

「お願い。もう……それ以上、言わないで……」

舞子は耳を塞いだ。蝦沼の言う自分が過去に存在したことを否定することができない。

そこへ大現師が入ってきた。

「待たせたな。こんなに忙しい日も珍しい」

沙紀と、慈悦、多美子の顔を思い浮かべ、今また舞子まで飛びこんできたことに、大現師はことのほか満足していた。

以前より年を重ねた分だけ教祖らしくなった大現師に緊張し、舞子は鼓動を高鳴らせた。

「わざわざ来てくれるとは思わなかった。来るのがわかっていれば、家まで迎えを出したものを。それにしても、唸りたいほどいい女になったな」

顔をこわばらせている女の足元から頭までを、大現師はねっとりした目で観察した。

「沙紀を返してください。十八とはいっても、まだ何にも知らない子供なんです。もう、もてあそばないでください」

停滞した静寂の時間に耐えきれず、舞子は口を開いた。

「もてあそぶ？　おまえが娘のオ××コを舐めまわしているところを大現師さまに見てもらいたかったたな。俺達がかわいがってやったときより熱心に舐めまわしていたぞ。それで娘は何度も気をやったんだ」

まあまあというように大現師が蝦沼を遮った。

(何ということをしてしまったの……)

今になって舞子は、実の娘におぞましいことをしてしまったのだと思えるようになった。

「珍しくあの年で処女を守っているようだな。十九年前の約束を覚えていて、阿愉楽寺建立二十年のために男達を遠ざけ、磨くように育ててくれたんだろう？」

大現師は唇の端を歪めた。

「そんな約束など知りません。わたしはここと何の関係もないんです。そんな昔のことを持ち出さないでください」

「あれを聞かせてやれ」

大現師が顎をしゃくる。蝦沼はすでに準備していたテープを流した。

〈決意が堅いならとめはせん。だが、写真はここのものだ。たとえおまえが写っていても返すわけにはいかん〉

〈いやです。返してください〉

〈無理に撮ったのではない。承知の上だった。外には出さないと約束してやる。おまえを忍んでときおり眺めてみたい。連れ合いに送りつけたりはせん〉

〈信用できません、返してください〉

〈あれほど軀を許しあっておきながら、信用できんとはな〉

〈決して……ここから出さないと……本当に、本当に……約束していただけますか？〉

〈ああ、約束する。教祖が嘘をついたとあっては救いがないからな〉

〈ここを出たら、もう他人です。わたし達の生活を邪魔しないでください〉

〈わかっている。だが、たったひとつだけ頼みたいことがある。そのくらい聞いてくれてもいいだろう？　おまえを気に入っている門徒は多い。それにも拘わらず、別の男といっしょになるのを邪魔しないと言ってやっているのだ〉

〈どんなことです……〉

〈阿愉楽教を開いてまだ一年ちょっとにしかならないが、二十年めには、門徒達と盛大な祝いをしたい。その祝いに、阿愉楽菩薩への供物として、もし娘がいたら差し出してもらいたい〉

〈そんなばかな……そんなこと……〉

〈そうか。それならこちらも写真のこと、はっきり約束はできんことになる〉

〈そんな……もし子供がいなかったらどうなるんです……〉

〈差し出す必要はない。ないものねだりしてもむだだからな〉

〈娘がひとりではなかったら……〉

〈下の娘だ〉

〈わかりました……それでよろしいのね。もう帰ってかまいませんね。これでここととの縁は

切れますね〉
〈ああ、十九年の間はな。十九年めに縁ができ、それで終わる。ところで、供物の意味はわかっているな〉
〈わかっています……でも、子供は生まれません。きっと、ご期待には添えません〉

そこでテープが切れた。

「ちゃんと期待に添って娘を生んでくれた。褒めてやる」

今の今までそんな会話が録音されていたことなど知らなかった舞子は、ただあぜんとしていた。

(あんなに遠い日のことなんて……夢だわ……現実離れしたそんな約束など……)

寺を出るとき、まやかしの邪教が二十年も続くなどとは考えてもいなかった。だからこそ、恐ろしい要望にうなずいてみせたのだ。

「誰がこんなことを信じます……」

テープを聞いたあとも忌まわしい約束を否定したかった。

「信じる信じないではなく、事実だ。簡単なことだろう？」

面倒な話はおしまいだと、大現師は舞子の手を取った。舞子は即座に振り払った。

「連れ合いに操をたてようなど、滑稽なことを考えているのではあるまいな。いまさらたてる操などあるまい。昔のようにかわいくなったらどうだ。まずはゆっくり風呂にでも入れ。檜のいい匂いがするぞ」

「けっこうです。このまま休みます」

穏やかさを装って話す大現師に、舞子はにこりともせず素気なく対応した。

「すぐに休まずともよかろう？　せっかくだ。本殿の阿愉楽菩薩さまに挨拶でもしたらどうだ。それから休め」

立ち上がった大現師は、

「上等のやつを用意してすぐに炷《た》け」

蝦沼に耳打ちした。

何度も本殿へと誘われた舞子だが、そこから動こうとはしなかった。

ついに痺れを切らした大現師は、引きずるようにして舞子を本殿へと連れていった。

本殿の入り口に立つと、扉の向こうから異様な女の声が洩れてきた。はっとした舞子は、鷲づかみされている腕をひときわ強く引いた。だが、太い手はびくともしなかった。

「ここでしばらく瞑想でもしろ。おまえがその気になるまで、無理に抱きはせん」

扉があいた。

ひとりの女も三人の男も全裸だった。

(なんということを……浅ましい……人間じゃないわ……)

ノーマルなセックスではなく、四つん這いになった女のアヌスと男の肉棒が繋がっているのだと気づいたとき、舞子は戦慄した。

舞子にはまだアナルセックスの経験はない。ここの坊で多くの男に抱かれたとはいえ、それを求められた記憶はない。

「よく見えるようにもっと前の方に行ったらどうだ。あの女は慈悦といってな、ここの比丘尼だ。阿愉楽教の得度の印は、阿愉楽菩薩さまと同じように花びらに穴を開けること。慈悦と阿愉楽菩薩を繋ぐ鎖を見るがいい。あのころ、まだ得度している女などいなかったからな」

大現師はいやがる舞子を祭壇近くに押しやった。

男の菊蕾への抽送のたびに揺れ動く細い金の鎖に、舞子は息をのんだ。

「おまえがここにいたら、間違いなく得度させていただろう。おまえなら申し分なかったが。いや、今からでも遅くはないがな」

今はほかにも数人の比丘尼がおり、門徒獲得のために外に布教に行っているのだと大現師は説明した。だが舞子はそんな声には気づかず、息をのんで四人の行為を見つめているだけだった。

「極楽が見えますか、慈悦さま。さあ慈悦さま、もっとお声をおあげなさいませ。阿愉楽菩薩さまの御耳にしっかりと届くように」

男はアナルの抽送をとめた。もうひとりの男が四つん這いの慈悦の軀の下にもぐり、上半身を持ち上げ、秘園を舐めはじめた。三人めの男は、さっきから慈悦の足指を、順に一本ずつしゃぶっている。ベチャッベチャッと、舐めまわしているそれぞれの場所からいやらしい音がする。

慈悦の両手はブルブル震えていた。軀を支えているのが苦痛なようだ。複数の獲物となっている慈悦はきれいな顔を歪め、何度も襲ってくるエクスタシーの大波に絶え絶えになっている。

蝦沼が入ってきたのに舞子は気づかなかった。

木壇の灰の中央に、蝦沼の手で小さな木片が埋められた。

灰のなかの火種によって、木片はやがて薫りはじめる。それは舞子のまだ知らない妖《あや》しい薫りだった。快い甘さ。その甘さのなかに、舞子は軀ごと引きこまれ、溶けていくような気がした。

こころなしか、慈悦の声が変化した。男達の声や動作にもわずかな変化が起きた。

「慈悦さま、もう二度と比丘尼にあるまじきことはなさいますな。慈悦さま……」

「二度と……あんなことは……ああ……もっとわたしを……辱しめてくださいまし……折檻してくださいまし」

甘い薫りにぼおっとなりながら、舞子は四人の淫らな動きを映像の一齣《こま》でも見るように見つめていた。大現師と蝦沼が本殿から消えたのも気づかない。

本殿に強制的に連れてこられた舞子だったが、出ていこうという気持ちは失せている。

舞子は少しずつ慈悦に近づいていた。美しい顔に至福の笑みを浮かべている仏のような慈悦に見とれた。

男達は交代に慈悦の菊花を肉杭で刺しては、全身を舐めまわす。今や、男達の唾液の洗礼をうけていないところは、毛穴のひとつとてないのかもしれなかった。花蜜はあとからあとから溢れ出し、男達が味わいつづけているにも拘わらず、鼠蹊部や恥毛を濡らしている。

光る蜜液を眺めながら、舞子は実の娘にした行為を思い出していた。おぞましい気持ちが消えている。

（あの蜜を口に含みたい……沙紀のように……）

それは徐々に耐えがたくなっていく。慈悦が男達にされていることをされたいとも思うようになった。

いつしか舞子は、慈悦に躯がつくほど近づいていた。手を伸ばし、阿愉楽菩薩と繋がった揺れる鎖に触れてみる。はじめて会った慈悦に愛しさを感じた。

「見せてください。ここ……」

甘い薫りの作用によって、舞子だけでなく、そこにいる四人も夢のなかを漂っていた。

「慈悦さまの花びら……鎖のついたここを……」

「仰向けになってください。慈悦さま……」

菊座を突き刺していた男が屹立を抜いた。

鎖に繋がれた女体は、スローモーションビデオのようにゆっくりと仰向きになった。

「大御足をお開きになってくださぃ」

白い脚が広がっていく。

舞子は鎖のつけられた花びらを見つめ、指で触った。それだけでは我慢できず、慈悦の秘所に顔を埋め、穴のあいた花びらに唇をつけた。それから、花びらだけでなく、娘にしたように夢中でそこら中を舐めていた。

男達の手が舞子に伸びた。そのとき、別の手がわずかに早く背後から舞子を引き寄せた。

「この女には今は触れてはならん。坊の方へ連れていかねばならないからな。大現師さまの言いつけだ」

ふたたび男達は慈悦を愛しはじめた。

舞子は蝦沼に抱きかかえられて本殿を出た。

3

かつて蝦沼とここを訪れたときに与えられていた離れの本坊へ、舞子は飛び石を踏みながら向かっていた。その足元は心許なく、しっかりと蝦沼に支えられていた。

十九年前は殺風景だったが、今では石灯籠に照らされて蹲踞《つくばい》があり、ときおりコトンと鹿《しし》おどしの音も響く。建物を囲んで竹垣もでき、ここだけは完全に独立した建物だ。風呂もついている。

先に部屋で待っていた大現師は、敷きのべられた布団の上にどっかと腰をおろしていた。

「舞子、本殿で何を見てきた」

「慈悦さまが……」

抑揚のない声だ。

「ほう、名前を覚えたか。慈悦は何をしていた」

「花びらに鎖が……慈悦さまはうしろを……うしろを大きなもので……」

遠くを見ている目だ。

「早く慈悦のようにされたいんだろう?」

「でも……」

「怖がるな。やさしくしてやる。昔のようにやさしくな。この本坊は特別室だぞ。昔よりずっときれいになっただろう。どれ、触らせてもらうぞ」

スカートに手を潜りこませ、ショーツに手を入れた。

かすかな声だけあげたものの、舞子はじっとしていた。

すでに蜜でヌルヌルしている。

濡れそぼった肉の狭間が気持ち悪いのか、舞子は腰をモゾモゾさせた。

脱げと命じると、舞子はためらいも見せず、ブラウスのボタンをはずし、スカートを脱ぎ、下着を脱いでいった。

操り人形の舞子は、本坊に入ってきたときからビデオカメラがまわっているのに気づくふうもない。

ブラジャーとショーツの線が赤くついた裸体を、舞子は立ったまま正面から大現師と蝦沼に見せた。沙紀と形の似た、逆三角形の薄目の茂みだ。

十九年前とは比べものにならないほど丸くなった軀は、女の匂いをプンプンさせていた。

「自分の手でかわいいところを開いて見せろ」

ゆっくりと動いた白い指は秘園に伸び、大陰唇をくつろげた。そこはすでに濡れそぼり、花びらの広がりとともに、粘った透明な樹液を左右に分けていく。多量の愛蜜を支えきれなくなり、粘着質の蜜液は途中で切れ、糸を引いてしたたり落ちた。

「びっしょりだな。来い」

目の前にやってきた秘園の匂いを大現師は思いきり嗅いだ。まだ風呂に入っていないだけに、強烈な女の匂いがたまっている。

尻にまわした手をぐいっと引き寄せ、秘園に鼻をめりこませた。そうやって〝女〟の匂いを嗅ぎつづけた。

何をされているのか定かではない舞子は、大現師を見おろしながらじっと立っていた。

この分では、朝まででも舞子の秘所に顔を埋めて匂いを嗅ぎつづけるのではないかと、蝦沼は傍らで呆れていた。

ようやく顔を離した大現師は深呼吸すると、にやりとした。

「おまえも嗅いでみろ。たまらんぞ。このくらいいい匂いのする女は、風呂に入れん方がいい。昔はこれほどいい観音さまの匂いはしなかったと思うがな」

交代すると、舞子は秘芯を開いていた手を少しせばめた。大現師のときより心なしか恥ずかしげに見える。だが、開いた秘園を蝦沼の顔の前にも突き出した。

蝦沼は大現師と同じように、鼻をのめりこませるほど秘芯に顔を近づけ、大きく息を吸った。クラクラする匂いが肺いっぱいに入りこんだ。舞子が本来持っている匂いと、家を出てから寺に来るまでの汗や、分泌物、尿の匂いさえ混じりあったものだ。牡を奮い立たせる媚薬だ。

人のことなど言えたものではない。蝦沼も飽くことなく匂いを嗅ぎつづけ、ついにペロリと花芯を舐めた。

少女のような声をあげた舞子は、陰唇を開いていた手を離し、蝦沼の肩をつかんだ。

「あとにしろ。ふたりで前とうしろからゆっくりかわいがってやるんだ。そう焦るな。気持ちはわかるがな」

右唇をわずかにあげ、大現師が好色な笑いを浮かべた。

蝦沼は顔を離した。分泌物の混じりあった秘園の匂いのせいだ。それを思うと、風呂に入れてきれいに洗ってしまうのが惜しくなる。

「おまえもその匂いが気に入ったようだな。風呂に入れるのはやめておくか」

迷った末、やはり風呂に入れることにした。

「ふたりでいっしょに前後から突く快感はこたえられんからな」

確かにそうだ。心残りだが、舞子を今夜限りのものにしなければいい。蝦沼には娘の沙紀より、昔、自分の手で女にした舞子の方に魅力があった。人妻になっているからこそ、いっそう未練がある。

蝦沼は太い注射筒を舞子に見せた。

「そんな大きなお注射なんて……いや」

初めて上等の媚薬の薫りを嗅いだだけあってよく効いている。舞子の、いや、にはほとんど抵抗が感じられない。正常の舞子なら、それを見ただけで激しい拒否反応を起こしているはずだ。

背中を押し、膝を折って四つん這いにさせようとするが、首を振る。

「お尻、いや……お注射、いや。お口でして……」

また立ち上がり、大陰唇をくっと指で開く。

「口でしてやるからワンちゃんになれ。ならないならしてやらないぞ」

ちょっと首をかしげた舞子だったが、今度はおとなしく四つん這いになった。

秘菊にガラス管をさしこんだ。

いやがって舞子は尻を振った。嘴《くちばし》を折られ、破片で怪我でもされては始末が悪いと、大現師は蝦沼と向き合うようにして舞子を跨ぎ、腰を支えた。それでも舞子はむずがるように尻を振った。

「あぁん……いや……いや」

年より十も二十も若く見える愛らしい悶えを楽しみながら、蝦沼はゆっくりと液を注入していった。

そのうち起きあがろうと暴れ出したので、大現師が尻で背中を押さえこんだ。

最後の液を注入し、ガラスの嘴を抜く。

ほどなく、舞子の腹がグルグルと鳴りだした。正常な判断力を鈍麻させているので粗相されては困る。蝦沼はすぐにトイレに連れていき、我慢させないで排泄させた。

風呂に入れて洗ってやるのも蝦沼だった。過去の舞子と比べ、より魅惑的な肉付きになっているのに心が浮き立った。

少し赤くなっているアヌスに指を入れるようにして、丁寧に洗う。舞子はいやがって、尻に持っていった手でそれを払おうとする。子供じみている動作に蝦沼は苦笑した。

風呂からあがると、大現師が待ちかねていた。

「反抗しないのもいいが、刃向かうのをねじ伏せ、従わせる方が面白い。次のときは媚薬など使わずに、うんと恥ずかしがらせるからな。さてと、どうやってかわいがってやることにしようか。これを使うか?」

大現師は小さなガラス瓶《びん》に入ったクリームを出した。

それを塗れば、媚薬を吸っている舞子でも喚くだろうという魂胆だ。吊るして前後から責めることにする。やはり、少しぐらい歪んだ顔を見ないと刺激がなくて面白くない。

多くの女達の汗を吸って黒ずんでいるロープに目をやった舞子は、自発的に手を出した。

手首をくくり、ロープの先は太い梁にまわしてとめる。無理をさせないため、足裏はおおよそ畳についた状態だ。

「足を開け。いいものを塗ってやるぞ」

幼児に言い聞かせるような大現師の口調だ。舞子の方も、子供のように素直に従った。

瓶から掬《すく》ったクリームを、まず花びらや肉溝、肉芽、秘芯に塗りこめる。うしろにまわり、菊襞や菊芯にも丁寧に塗りこめていった。

「ああん……いや」

冷たいのか、舞子が身をくねらせた。

前は大現師、うしろは蝦沼が責めることになった。

かつて、舞子のアナルを調教しようと思ったことはない。舞子にとって初めての経験となるはずだ。違い棚に載っている道具箱を見て、蝦沼は心弾んだ。堅くすぼまった秘菊をじっくり広げていくつもりだ。その段階が楽しい。

舞子が荒い息をはじめ、腰を妖しく振りだした。白い歯が坊の明かりを反射する。

「早く……早くして……してェ」

意識せずにやっていることとはいえ、腰の振り方が何とも卑猥だ。

薬を塗っているので、舐めまわすわけにはいかない。大現師はまずは巧みな指技で、蝦沼の方はアナル棒で責めていくつもりだ。

秘園は蜜液で早くも洪水さながらだ。

「どれ、かわいいおマメを見せてみろ」

親指と人さし指の先で、大現師は莢から飛び出している肉芽をくにゅりとつまんだ。その拍子に腰がくいっと突き出される。

「おうおう、コリコリしたうまそうな豆だ」

「あん……食べて」

「食ってやりたいが、上等のクリームを塗ったからな」

指の腹でいやらしく肉芽を揉みしだき、小さな感触を楽しむ。

蝦沼はガラス棒を菊芯に押しこんだ。尻たぼが緊張してかたくなる。菊口はガラス棒をわずかに咥えたものの、それより深い侵入を拒んでいる。縁に添ってまわし、ねじ込むようにしながらじっくりと沈めていく。

「あ……あん……」

舞子が腰を振ろうとするのを、息のあったふたりが、片足ずつ太腿をがっしり握り、固定する。

前後からの快感だけでなく、塗られた薬によって粘膜がムズムズするのに耐えきれず、舞子は梁に向かって伸びている腕を引っ張った。ビィーンとロープの張りつめる音がする。

ガラス棒を抽送する蝦沼は、徐々に太いものにかえていく。粘膜を刺激されることで薬の刺激がいくらか軽くなるのか、舞子はときおりガラス棒の抽送に腰の動きを合わせようとする。立った姿勢ではなく、横にするか四つん這いにさせて抽送したいのだが、大現師とふたりでいっしょにかわいがってやろうというのだから、まずはこの姿勢で続けるしかない。

舞子は酸素が足りないようにハッハッと息をし、ときどきパクパクと口を動かす。そして、気をやる。こぼれる蜜は鼠蹊部をじっとりとしたたりはじめ、小水と見まがうほどだ。

「いいか。ほれほれ。ここもいいぞ」

まるで童心に戻って面白い遊びに興じてでもいるような大現師のはしゃぎようだ。

「ほれ、舞子、いく、と言って気をやらんかい。いく、だぞ。いいな。ほれほれ、かわいいクリ豆に花びら。どうだ」

どこを触っても蜜でグチュグチュ音がする。

「あ、あっ、ああっ！」

秘芯とアヌスが収縮する。

有頂天の大現師だが、蝦沼の方は菊花をほぐそうとしているのに、そこをキュッキュッと盛んに閉じられ、邪魔されているようなものだ。

「どうれ、今度は指を入れてやるぞ。ふむふむ、旦那が使っているだろうに、まだ上等だ。そうか、娘も生んでいるんだったな」

太い指を二本もぐりこませた大現師は、いやらしく膣壁をいじくりまわした。

天真爛漫ともいえる六十男の声を聞いていると、蝦沼はゆっくり菊口を広げようとしている行為がまだるっこしく感じられ、ばかばかしくさえなった。

ガラス棒を抜き、かわりに、細いバイブを押しこんだ。

スイッチを入れる。

低い振動音が起こり、菊花を責めはじめた。ヒッと舞子が悶えた。梁に伸びているいましめがびんびん音をたてた。

吊るされたまま次々と気をやっては腰を痛めるかもしれないと、大現師はしばらく見物にまわることになった。蝦沼が嬲り飽きたところで交代するつもりだ。

「横にしてかわいがりたいんだろう？　好きなようにしろ。だが、できるだけいやらしくやれよ」

大現師は作動しているビデオにちらりと目をやった。

いましめを解かれた舞子は倒れそうになった。それを蝦沼が支え、布団に俯せにし、秘菊にたっぷりと潤滑油を塗りこめた。

ひとりで嬲っていいと思うと、堪え性がなくなった。いきりたった肉柱を押し入れる。

「うぐ……」

舞子の顔がのけぞった。

肉茎の根元まで、息をとめるようにしてゆっくりと菊壺に沈めていく。軀を起こされないように、臀部をしっかりと手で押さえた。

アナルが初体験の舞子は、正気でないこともあり、何が起こったのかわからないでいる。口を開け、いやいやと首を振る。反り返って肉棒から逃れようとしている。軀が熱い。全身が桜色に染まっている。肩ごしに蝦沼を見つめた顔は泣きそうだ。

男を興奮させる表情に、肉柱がわずかに膨張した。舞子は声をあげた。

「まだ気持ちよくならないか。前はあとからだからな」

腰がゆっくり沈んでは浮きあがる。

菊口はしっかりと硬直を咥えこみ、彼の動きとともに淫らに伸びては縮む。自由に膨張し収縮する上等の粘膜だ。

「ぐぅ……あぐ……」

水をかぶったように舞子は汗みどろになっていく。シーツを握りしめ、ときどき激しく頭を振りたくった。

発憤した蝦沼は、きゅっと締めつける菊花の締まりを味わいながら、初めて〝男〟を受け入れた新鮮な菊蕾を嬲り続けた。

第四章　悶え火

1

気怠さを感じながら、舞子は目を覚ました。ここがどこなのか、昨夜、どのようにして横になったのか覚えていない。躯を起こそうとして何も身につけていないことを知り、はっとした。秘芯とアヌスが熱をもったように熱い。

（何があったの……？）

鼓動を早鐘のように鳴らしながら記憶をたぐった。

沙紀を男から守るため、言われるままに自分の口や指で娘の秘園をかわいがったことを思い出し、頭を押さえた。

目隠しされた沙紀……。

悶える声……。

絶頂を極めて硬直した軀……。

娘の身を案じた舞子は、奥の坊へいかねばと半身を起こした。だが、身につけるものがない。ショーツさえ消えている。

(なぜ……)

どうやってこの坊に来て休んだのか、記憶が曖昧だ。

沙紀と引き離され、庫裡に戻った。そして、本殿へ連れていかれた……。慈悦と男達の異様な姿態があった……。

(甘い匂いがしてきて、それからのことはよくわからないわ。あっ!)

今朝方見た夢の片鱗を思い出し、胸が騒いだ。蝦沼と大現師に抱かれている夢だった。それも、慈悦のようにアヌスにまで肉棒を突き刺され……。

(まさか……)

目覚めたときから重苦しく感じている秘芯と菊花を、舞子は不意に現実のものとした。

(ああ、嘘! そんなこと……夢、夢だわ)

そっと秘芯に手をやる。気のせいか、あわいめが熱を持っているようだ。

(そんなはずは……)

恐る恐るアヌスにも指を当ててみる。堅くすぼんでいるはずの菊芯が熱く、もっこり膨らんでいるようだ。それも気のせいかと思ってみるものの、心中、穏やかではない。

破廉恥だと自分を恥じながら手鏡を取り、膝を立て、脚の間に入れた。心がざわめいた。

火照っているせいか、近づけすぎたためか、すぐに丸い鏡が曇った。

掌で薄い被膜をぬぐい去り、もういちど性器を映す。まず秘園が目に入った。花びらが心なしかぷっくりしている。もっとも、そうやって鏡に映して見ることなどほとんどないのだから、いつものちがいをはっきり区別することはできない。

だが、鏡をうしろの方にやり、そこに映ったアヌスを見た途端、舞子は驚愕した。不自然だ。赤くただれたようになっている。しかも、菊襞の一カ所がわずかに切れ、菊芯に向かって短い線を描いている。

（いや……嘘……ちがう……そんなはずは……）

鏡の一点に吸いつけられ、視線を離せない。

「ほう、随分といやらしい真似をしているじゃないか」

唐突な蝦沼の出現に、舞子はポトリと鏡を落とした。恥ずかしさに消え入りたくなる。

ニヤニヤしながら鏡を拾った蝦沼は、顔を赤くして汗を噴き出している舞子を、正面からねぶるように見つめた。

「わたしの……わたしの服を脱がせたのはあなたね……」

鏡で自分の秘所を覗いていたことを追及されまいと、舞子は精いっぱい非難の目を向けた。

「俺と大現師さまの前で、自分で脱いだじゃないか。覚えていないのか」

「嘘です！」

「嘘なものか。アナルセックスのために、俺の手で尻をきれいにもしてやった。さすがに浣腸のときはちょっと暴れたがな。覚えていないのか。ようすがおかしいと思って鏡で観察していたくせに」

手鏡を差し出しながら、蝦沼は鼻先で笑った。

はっきりセックスと言われ、舞子は屈辱とおぞましさに総毛立った。

「嘘！　そんな嘘、信じるものですか……」

それは蝦沼へというより、自分への言葉だった。

「初めてのことでアヌスがヒリヒリしているんだろう？　だが、あとからいい声をあげていた。よく締まる素晴らしい菊の花だった」

目覚めて思い出した夢の断片が現実にほかならなかったのだとわかり、舞子は言葉を失い、顔を覆った。

「娘は半月、ここで預かる。俺達が知り合ったとき、おまえは今の娘と同じ年だったな。今、娘が男を知ってもちっとも不自然じゃないだろう？　たとえ複数の男を知ったとしてもな」

みるみるうちに舞子の顔色が変わった。取り乱し、沙紀のかわりに何でもするからと、蝦沼に取りすがった。

「娘に男のひとりぐらいいてもおかしくないだろう。娘はここの門徒の胸ですっかり安心しきっている。きのうわかったはずだ」

「いいえ、沙紀は帰りたがっているんです。むごいことはしないで」

媚薬を吸っていた舞子とはちがう母親を剝き出しにした姿に、蝦沼ははじめてうんざりした。

チッと舌打ちし、本坊を出た。

「待って！」

背中の声を蝦沼は無視した。

あとを追おうとした舞子は、何も身につけていないことに気づいた。つけたくても部屋にはそれらしきものはない。裸で追うわけにもいかず、その場ですすり泣いた。

数分後、蝦沼は庫裡から舞子のために浴衣を持って引き返して来た。

「ショーツやスリップは……」

「娘のようすを見に行きたいなら、それ以上文句を言うな」

せかされ、舞子はやむなく浴衣だけを羽織った。

用意されている赤い鼻緒の下駄をつっかけ、蝦沼に遅れないように、離れの本坊から奥の坊へと急ぐ。

本坊のまわりが小綺麗な庭になっているのを舞子は初めて知った。昨夜も通ったが、媚薬のために覚えていない。阿愉楽寺の境内にいるというより、茶室の周辺か閑静な場所にある旅館にいるようだ。

坊に着くと、手前の一の坊から艶めかしい喘ぎが聞こえた。意識して舞子は素早く通り過ぎた。

廊下の突き当たりの奥の坊に立つと、沙紀の笑い声がした。

舞子は耳を疑った。

戸惑っている舞子を、先に入った蝦沼が引っ張りこんだ。

寝屋の襖が閉じている。沙紀は襖の向こうだ。

「いやいや。くすぐったァい」

「我慢しろ」

「いやん。ばかァ」

「ここは少し我慢すると気持ちよくなるんだ」

「いや。あん……」

切迫したものは何もない。それがかえって舞子を不安にした。

昨日も沙紀はなかの男にどこかしら甘えていた。

〈お口でして〉とまで言い、〈恥ずかしいこと好き〉〈お尻ぶたれるの好き〉とも言っていた。

確かに舞子はそれを聞いた。だが、一日たってみれば、脅迫されてやむなく口にしていたように思えた。そう信じたかった。

「尻を出してみろ」

「いや」

「十回ぐらい尻を叩かれたら言うことを聞くのか。えっ？　そうなんだろう？」

北山は急に乱暴な口調になった。

（やさしくしてあげて……お願い……）

襖のこちらで舞子は拳を握りしめた。

バシッバシッと肉を叩く派手な音がした。

「いやったら。ばかァ。子供じゃないわ。痛っ。ヒッ！」

派手なスパンキングの音が続いた。

「おまえの大好きなお尻ぺんぺんじゃないか。濡れてるんだろう？」

「もういやっ！　嫌い！　嫌い！　放して！」

音がやんだ。しばらく沈黙があった。

「じゃあ、俺はいくぞ。嫌われたんじゃしょうがないな。やさしいほかの男に相手にしてもらえ」

すすり泣きがした。

「嫌いじゃないから……ここにいて……ほかの人はいや。お尻、もっと叩いていいから……ネ……」

すすり泣きが大きくなった。

「恥ずかしいことしていいから……いて……くってもいいから」

すすり泣きに、ヒクヒクとしゃくる音が混じった。

(沙紀……何を言ってるの……沙紀……)

目の前の襖を開けてしまいたくなった。

非現実的に思えた昨日の時間が、また現実のものとなった。

沙紀は男をいやがっていない……。それどころか、慕《した》っている……。

「もうわかっただろう」

勝利の笑みを浮かべた蝦沼は、がっくりしている舞子の腕をつかんで部屋を出ようとした。

だが、次の会話を耳にすると、ニヤリと笑って立ちどまった。

「いてやってもいい。だから、俺をいい気持ちにさせろ」

「いい気持ちって……？」

「俺がいい気持ちになるようにするんだ」

「だって……あなたには沙紀のようなプッシーが……ないもの」

沙紀はまだフェラチオのことを知らない。覚えたての〈プッシー〉をかわいい口調で口にした。

「ほら、これを咥えろ、ウブちゃん」

「い、いやっ！」

何を沙紀に要求したのか、舞子にも想像できた。

(なんてことを……やめて)

息苦しさを覚え、舞子は胸を押さえた。

「みんなしていることだ。オフクロが大現師さまの太いこれを舐めている写真を見ただろう。ああやってみんなしていることだ。男と女の挨拶だ」

いとも簡単に口にした北山に、舞子の血は凍った。二度と沙紀に母と呼んでもらえない気がした。

「しゃぶらないってわけだな」

「あっ！　いや！　行かないで！　行かないでよ……いや、そんな怖い顔……お口でするわ。だから行かないで」

「それなら、いいと言うまで舐めろ。袋も触れ」

（やめて。やめて。お願い……）

舞子は顔を覆った。男のものを口にしようとしているうぶな娘が哀れだ。これでもかこれでもかと容赦なく自分の過去を娘に暴いていく悪魔のような男のことだ。沙紀がどんなに慕おうと、女を扱い慣れた男の手練《てれん》手管《くだ》に騙されているだけだとしか思えない。

よほど舞子は襖を開けようかと思った。だが、いざとなると気持ちが鈍る。開ければ、その瞬間、何もかも終わってしまうだろう。だが、このままでいれば、もしかしてどこかに救いがあるかもしれない。その一万分の一の救いに舞子は賭けてみたくなる。

「そうだ。そうやって袋を揉みながらペニスも咥えてみろ。もっといっぱいに咥えろ。そう、そうだ。顔を動かして、出したり入れたりしてみろ。もっと唇を丸くするんだ。咥えたまま、舌で舐めろ。ふふ、初めてで、手と口がいっしょは難しいか」

襖一枚隔てた向こうの沙紀の姿が透けて見えるようだ。

（開けてしまいたい……）

決心が鈍り、今すぐその襖を開け、男から沙紀を引き離したい衝動にかられる。

（でも……）

男の肉茎を咥えているところを、母親に目の当たりに見られた沙紀の気持ちを思うと忍びない。

舞子は耳を押さえた。

どうやって本坊へ戻ったか覚えていないほど舞子は混乱していた。

ふたりが沙紀達の部屋に行っていた間に、すでに朝の膳は整えられている。

「やけに無口になったな。飯だ。おまえだけは昼過ぎにここを出してやる。それまで昔のふたりに戻って、楽しい時間を過ごそうじゃないか」

食べたくないという舞子に、蝦沼は箸を口に突っこむようにして食べさせた。やっと半分たいらげ、それ以上は無理だった。

食休みだと言い、蝦沼はごろりと横になった。そうやって座布団に頭を載せ、しばらく天井を見つめていた。

「なあ、どうしてあのときあんなふうになったんだ。おまえは俺が本気だとわかっていたはずだぞ」

天井を見つめたままの蝦沼だった。

ここに来て蝦沼と再会した以上、その質問が出るのは当然だ。

「たったひと月であんなに変わるとはな。俺も大現師さまも狐につままれたようだった」

かすかに唇を歪め、自嘲気味だ。

「冗談かと思っていたら、あっというまに結婚してしまった。何があったのか話してくれてもいいだろう？　二十年も昔のことだ」

黙っている舞子に、蝦沼の視線がゆっくり動いた。それを避けるため、舞子はテーブルに視線を落とした。内心、取り乱していたが、精いっぱい平静を装った。

「まあいい。あとでゆっくり聞いてやる」

それから、蝦沼は急に多弁になった。

職にもつかず、ここでずっと暮らしていること。それは、得度した女達が外に出て、金のある男や、男に飢えている奥様連中を連れてくるので、寺の台所は潤っており、可能であること。阿愉楽菩薩の花びらの高価なピアスもどんどん増えていくこと……。

「大粒のダイヤにブラックオパール、キャッツアイやサファイヤ、何でもあるぞ」

蝦沼は鼻先で笑った。

「阿愉楽教など風俗営業と同じさ。お布施の収入などほとんど申告しない裏金だ。それでヤクザな連中相手に高利貸しもする。まったく大現師は利口な商売人だよ」

阿愉楽教がまともな宗教でないことぐらい、大現師も門徒も、むろん蝦沼もわかっているはずだ。だが、舞子は内側の人間からこうもはっきりと言われるとは思ってもみなかった。矛盾をつかれても、言いくるめるのはお手のもののはずだ。

まじまじと見つめる舞子を無視し、蝦沼は話しつづけた。

「今でこそこんなに冷めた俺だが、おまえと知り合ったころは少しは信仰心もあった。冷静に考えてみれば、純粋で未熟だったというだけのことだがな。二十一だった俺が、今では四十歳のオジンだよ。まあ、せいぜい三十半ばにしか見られたことはないがな」

くるりと横向きになって肘をつき、掌で頭を支えると、

「ほかに何か聞きたいことはあるか」

自分で勝手に喋っておきながら、いかにも質問にこたえたふうな口ぶりの蝦沼だ。

口を閉じ、じっとしている舞子を、蝦沼はそのままの姿勢でしばらく見つめていた。ときおり、コトンと鹿おどしの音がする。そこから深い静寂が広がっていく。静けさが長引くほど舞子は落ち着かなくなった。

（何か言って……なぜ黙ってるの……）

コクッと喉を鳴らした。蝦沼にも聞こえたような気がした。ますます落ち着きをなくした。

「あのときのことを知りたい」

抑揚のない口調だったが、どんなことがあっても聞かせてもらうぞ、といった響きがあった。

沈黙に耐えきれず、静寂を破る言葉を待っていたものの、舞子の意に反し、蝦沼はまたタブーに迫ってきた。

(聞かないで……)

鼓動が速くなった。

「なぜ、俺を避けた。さっさとほかの男といっしょになった。俺がそんなに憎かったのか」

口をつぐんでいる舞子を蝦沼は正視した。その目が徐々に険しくなった。

不意に起き上がった蝦沼は、呆然としている舞子をその場に押し倒した。怯えた舞子を見おろしながら、冷酷な表情を浮かべていた。十九年前には決して見ることができなかった顔だ。

はだけた浴衣からはみ出したふくよかな乳房を乱暴にぐいっと握られ、舞子は声をあげた。

「連れ合いはやさしいか。どうだ！」

乳首をもぎ取るほどひねりあげる。

ヒイッと叫び声が広がった。

「や、やさしくして……あうっ」

涙を滲ませた舞子が掠れた声で哀願した。

「憎い男にでもやさしくされたいのか。えっ？」

憎悪の目で見つめながら、蝦沼はいっそう残虐に乳首をひねりあげた。

「ヒッ！　や、やめて……憎くなどなかったわ……ただ……」

「ただ何だ！」

今度は両方の乳首をいっしょにつまみあげられ、気が遠くなりそうになった。容赦ない折檻に舞子は泣きながら抵抗した。抵抗すればするほど蝦沼は暴力的になる。

「こ、子供ができていたんです……」

(とうとう喋ってしまったわ……)

軀から何かがすっと抜けていった。

ようやく蝦沼は乳首への責めをやめた。

「子供……？　子供と言ったのか……」

意外な言葉に蝦沼は面食らった。

家が気になるので戻ってみるというのは口実だった。寺を出て、その脚でまっすぐ病院へ行った。やはり、妊娠していた。誰が父親かわからない子を身ごもっていたのだ。

そのときの衝撃……。目の前が真っ暗になった。女の軀のしくみを忘れ、本能の赴くままに男達との性に溺れていたことが急におぞましくなった。何という恐ろしい時間を過ごしていたのだろうと、ようやく我に返った……。

それだけ話すと、蝦沼はぎょっとした。

「まさか、奥の坊にいる娘は……」

自分の娘なのか……と、一瞬よぎっていくものがあった。

「勘違いしないで。あの子は今の夫との間にできた子供です。いつ生まれたか、とうに調べているでしょう？　ここと関係がないことはわかるはずです」

ほっとしたのもつかのま、次の疑問が頭をもたげた。

「そのときの子供は……」

「殺しました……」

「殺した……？」

蝦沼はあぜんとした。

あのころ舞子は、蝦沼や大現師だけでなく、ほかの門徒達にも抱かれていた。誰が父親かわからないのだ。悩んだ末、自ら下した結論は、堕ろすしかないということだった。

「なぜ生まなかった……俺の子だったかもしれん……」

つい今しがたまでの粗暴さはすっかり姿を消している。

「あなたが父親である確率は何分の一なの……」

舞子は咎めるように言った。

「十分の一なくても、百分の一でもあればいい。いや、おまえの子でありさえすれば誰の子でも」

それは男の勝手な言いぐさだと舞子は非難した。

子供ができているとわかったとき、ほかの男に抱かれることを許していた蝦沼を憎んだ。ほかの男の子供はいやだった。性の自由を説かれ、自分からすすんで男達に抱かれていたものの、ほかの男の子供など生めるはずがなかった。

「惨めだったわ……辛かった……あなたはわたしがここを出てから電話一本かけてくれなかったわ」

あのときの思いが鮮明に甦《よみがえ》ってくる。怒りや哀しみが一気に噴き出した。

「俺にひとことも大事なことを話さず、何が惨めだ。何が辛かっただ。もしかして追われたかったとでも言うのか。俺はそんな惨めな真似はしたくない。二十年もたって勝手なことを言うな！」

怒鳴り返した蝦沼を、舞子は非難の目で見つめた。

「話せとおっしゃったのはあなたです……」

「そんなことを話せなどと言った覚えはないぞ」

蝦沼は舞子を押さえこみ、口を塞いでむさぼった。いつもの蝦沼らしくなく、さほど愛撫もせず、潤っていない秘芯に剛直を突き刺した。

「ヒイッ！　い、痛っ！　いや！　子供が……そのままはいや！　やめて！」

がむしゃらに蝦沼の胸を押した。だが、二の腕を押さえられているので、まともな力は出ない。闇雲に首を振りたくり、肩を動かした。

「フン、たとえつくりたくてもパイプカットしているからな。いいか、おまえの子供をつくりたくてもできないようになっているのさ。安心したか！」

子宮を突き破る勢いで突かれ、舞子は呻いた。

「安心したところできのうのようなよがり声をあげてみろ。アナルもけっこう好きになりそうだな」

火照った舞子の肌に汗をポトポト落としながら、蝦沼は憑かれたように突き続けた。うしろからさんざん突いては、秘芯に入れた肉柱を軸に体位を変える。正常位で突き、脚を肩に掲げ、内臓を破る勢いで抽送する。

舞子は悲鳴に近い声をあげ、蝦沼から逃れようとした。ますます剛直が激しく動いた。

「ゆ、許して！　お願い、休ませて！」

「休ませてだと？　甘いぞ！」

今の蝦沼は人間というより、永遠にエネルギーを保ちつづけることのできる機械じみた生き物のようだ。

舞子はありったけの力で抵抗をこころみた。あらがいが激しいほど、蝦沼の抽送は荒々しくなる。花びらは激しい摩擦でヒリヒリする。真っ赤に腫れ上がっているだろう。

（夫を裏切ったわ……なにもかもおしまいね）

苦痛に歪んだ舞子の顔を冷徹な目で見おろしながら、蝦沼の腰は大きく前後した。永遠に突き続けることもできるぞ、と言いたげだ。

ようやく動きをとめ、花芯から肉柱を抜いた蝦沼に、舞子はそのまま布団にがっくりと軀を落とした。

だが、それで終わりではなかった。蝦沼はまだ気をやってはいない。

「四つん這いになってケツを向けな。うしろを突いてやるぜ」

小高い双丘を力いっぱい叩きのめした。

「あう……許して……お願い……」

俯せの舞子は喋るのも億劫なほどだった。

「いやならじっとしてな。勝手にいじらせてもらうぜ」

仰向けにし、ロープで右手首と右足首をひとつにする。さらに左手首と左足首をひとつにし、左右に広げて柱にくくりつけた。

羞恥に身をよじる舞子を後目に、蝦沼は部屋の隅の鏡台を動かし、脚の間に運んだ。

「親切だろう？　見なよ。さっきのように自分で手鏡を持って見るよりよく見えるだろう」

秘園だけでなく、菊蕾も無防備に晒されている。激しい肉柱の抽送のすぐあとだけに、満腹した吸血虫のように花びらが充血して膨らんでいる。開ききった双花の割れ目は蜜でてらてら光り、涎のようにぐっちょり濡れているのがやけに卑猥だ。

「いやァ！」

あまりの破廉恥さに舞子は金切り声をあげた。

羞恥に打ち震える裸体を楽しみながら、蝦沼は股間を見つめた。ぴんと張った鼠蹊部が悶えるたびにひくつく。ぱっくり口を開けた秘裂が歪み、何か叫んでいるようだ。

この開脚縛りにすると、前もうしろも自由にいたぶれる。だが、いたぶるより、このままの姿で放置し、人目に晒す方が女はこたえるものだ。

「涎を出してる破廉恥なおまえのオ××コを、今すぐ娘に見せたっていいんだぜ」

蜜液を指で掬い、舞子の口許になすりつけた。

「どうするんだよ」

顎をひねりあげ、蝦沼は冷たく尋ねた。

「娘にだけは見せないで。わたしがここにいることを知らせないで」

遠くなっている両膝を、舞子は何とか近づけようとした。

「ほかにも願いごとがあるんだろう？　全部言ってみな」

無抵抗の舞子をいたぶりながら、口を開かせる。

女芯に指を突っこみ、ぐぬぐぬ動かす。菊蕾をつつく。腋窩に息を吹きかける。恥毛を引っ張ってみる。そのたびに舞子は顔を歪めながら、縛りから解放してほしいこと、沙紀を返してほしいこと、二度と近寄らないでほしいことなどを口にしていった。

「ふん、ちょっと欲張りじゃないのか。まあ、その全部が叶うように、言った数だけありがたい数珠玉でも咥えて祈ってな」

秘裂から伝う蜜液を菊座に塗りこめた蝦沼は、阿愉楽教で使う十八個の玉が連なった数珠を懐から取り出し、玉を繋いだ糸をぐいと引っ張ってちぎった。数個がパラパラと音をたてて畳にこぼれていった。

「何を……」

ただ淫靡な笑いを浮かべるだけの蝦沼は、糸に残った数珠玉のひとつをくっと菊壺に押しこんだ。菊唇は親指ほどの玉をつるっと吸いこむように呑みこんだ。

「ヒッ!」

カッと全身が汗ばんだ。

「やめて……」

いくら阿愉楽教が邪宗とはいえ、数珠をそんなふうに使えば、蝦沼だけでなく、自分にも大きな禍がふりかかってくるようで、舞子は空恐ろしかった。そのすぐあとで、屈辱と羞恥が襲った。

蝦沼はふたつめ、みっつめとゆっくり押しこんでいく。

「俺達のペニスを呑みこんだあとではこんなものではもの足りないだろう? そういえば、さっきいくつ願いごとを言ったんだっけな」

五つ押しこんだところで尋ねた。

「お願い……これ以上辱しめないで……後生です……」

鏡に映った無様な姿に舞子はすすり泣いた。

秘芯から出た糸にはまだ数個の玉が繋がっている。蝦沼が手を離したあと、それは畳にだらりと垂れ下がった。結び目がないため、腰を振りさえすれば、残りの玉は簡単に糸を離れ、ころがっていくだろう。そうすればタンポンでも入れているように、一本の糸だけが垂れ下がるはずだ。だが、すでに舞子には、腰を振る力さえなかった。

（この人はわたしを憎んでいる……仕方ないわ……）

さきほど蝦沼をさんざん責めた舞子だったが、想像だにしなかった辱しめを受けていると、十九年前、何ひとつ話さず去ってしまった自分が悪いような気になってくる。過去の蝦沼がやさしかっただけになおさらだ。

観念している舞子を見て取った蝦沼は、残りの玉を全部菊口に押しこみ、反り返っている剛直を秘裂の割れ目に突き立てた。

「ああう……」

白い喉がのけぞった。

薄い皮を隔てたところに数珠玉の感触がある。抽送のたびにクリンクリンとかすかに突きあたって気持ちがいい。蝦沼はしばらくゆっくりと動いてその感触を楽しみ、頃合を見計らってスピードを増した。

（何をされてるの……ああ……疼いてくる……狂いそう……）

双手開脚縛りのまったく身動きできない舞子は、ただ身をゆだねているしかない。

「あ、あ、ああっ！」

熱い怒濤が白い肉体のなかを駆け抜けていった。

2

蝦沼の運転で自宅まで戻ってきたものの、舞子はただぼおっとソファーに座っていた。

昨夕からのことが夢のようだ。軀が怠く、何もする気にならない。沙紀のそばに行きながら、ひとりで帰宅しなければならなかった自分に、母として失格したのだと肩を落とす。たった今も、沙紀はあの淫らな寺にいる。たえず男がついているだろう。

(沙紀……どうすればいいの……泣いているんじゃないの……)

自分の身に起こったこともさることながら、娘の身を案じて頭を抱えこんだ。

唐突な電話のコール音に、舞子はびくりとした。

「お母さま……?」

沙紀の声だ。たった今、沙紀のことを考えていただけに、舞子は心臓がとまりそうになった。

「お母さま……無断で外泊してごめんなさい……沙紀は元気だから心配しないで……沙紀がどこにいるかご存じ……?」

「ええ……」

「そう。ほんとうにちゃんと知らせてくれていたのね……よかった……心配しないでね……」

何か言わねばと思ったが、なかなか言葉を探すことができない。

「いつ帰ってくるの……？　早く帰ってらっしゃい。ね、沙紀……」

横に誰かいるのだろう。沙紀は何かボソボソと尋ねている。

「聞いているはずだ。半月後だ」

北山の声に変わった。

「沙紀はまだ子供なんです。ですから」

「子供はときが来れば大人になっていくものさ。そうだろう？」

一方的に電話は切れた。

しばらく受話器を耳にあてたまま、舞子は聞こえるはずのない沙紀の声を待った。そして、肩を震わせた。

最終の新幹線で出張先より戻ってきた信也の帰宅は、零時近かった。それまでの時間は途方もなく長く、針の筵《むしろ》に座っているようだった。戻ってきたら戻ってきたで、胃が急激に痛みだした。舞子は、まともに夫の顔を見ることができなかった。

「どうした。少し顔色が悪いぞ」

玄関に迎えた舞子を見るなり、信也は開口いちばんにそう言った。

「なんだか胃が重くて……」

汗ばんだ舞子は胸に手を持っていった。

「うまいものを食べ過ぎたんじゃないのか。女がふたりいると、菓子でもつまみながらいつまでもしょうのないことをしゃべっているんだろう」

拍子抜けしたように信也は靴を脱ぎながら笑った。

「沙紀は……ちょっと旅行に」

夫の顔を見ないですむように、舞子は靴を揃えながら言った。

友達が引っ越したようで、そちらへ遊びに行き、ゆっくりしてくるらしいとつけ足した。

受験勉強に疲れるころかと、信也は別に気にとめることもなかった。それが誰なのかとも聞かなかった。舞子はほっとすると同時に、これまでにも増して激しい疲労を感じた。

信也に対して結婚後はじめて犯した裏切りに胸が痛む。そして、大事なひとり娘の沙紀が、自分の過去の安易な約束のため、獣のような男達に身をゆだねていることは何にもまして辛かった。

一抹の救いは、沙紀には阿愉楽寺に心を許せるひとりの男がいるということだが、それとて、母としての舞子にとっては苦痛でしかない。

出張から疲れて戻ってきた信也は、風呂上がりにビールを飲み、早々にベッドに入った。今夜、信也はすぐにでも寝息をたてはじめるだろう。舞子は信也の寝息を聞きながら、いつまでも眠れないのはわかっていた。

「抱いて……」

舞子は信也が眠りに落ちる前にと、声をかけた。舞子の方からそんなことを言うのは珍しかった。いつも信也に従う。抱いてほしいと思っていても、信也が手を出さなければ我慢した。めったにないが、我慢できなければ自分でそっと指を動かした。

若い日の阿愉楽寺でのことを気にかけ、舞子は決して自分からは貪欲に肉をむさぼるまいと決意していた。快楽の怖さは身に染みてわかっている。決して淡泊ではないからこそ、人いちばい耐えることが必要なのだと言い聞かせてもいた。信也は週に一、二度は舞子を抱いている。それで、それほど欲求不満になることはなかった。

珍しく舞子から夜の営みをねだってきたのは、沙紀がいないせいだと信也は思った。

阿愉楽寺でのことを舞子は忘れたかった。蝦沼の面影も消したかった。そして何より、夫を裏切った軀でこのまま明日を迎えたくなかった。夫に不浄の軀を清めてもらいたいと思った。

信也は舞子の右手を取り、股間に導いた。すでに〝男〟は硬くなっている。

ふたりはほとんど同時に軀を向け合い、唇を重ねた。舞子は積極的に舌をからめ、唾液を吸い、またたくまに熱く火照った。

いつにない舞子の燃え方に、信也も執拗に舌をからめて唾液を吸った。

「もっと……」

唇が離れると舞子がねだった。こんなに舞子が積極的になっているのは、やはり沙紀がいないせいだと信也は思った。

舞子の上に乗った信也は、肩先を押さえて瞼や耳たぶを舐めまわした。そうしながら、白いネグリジェの胸元を開いていった。豊かな乳房のまん中の乳首は、すでに硬くしこって飛び出している。

顔中を舐めまわしながら指先で乳首をさぐり、入念に揉みたてた。

上下する豊満な胸がシーツからわずかに持ち上がった。信也の頭はわずかずつ下がっていく。乳首を舌先でツンツンつつくと、舞子は、信也の背中にまわした指先を、彼の肌に食いこませた。

「ああ、ジンジンするわ……噛んで……乳首を噛んで……もっと苛めて……あなた」

妻の被虐的な言葉を、信也は結婚以来はじめて聞いた。一瞬、乳首をつつく行為をやめ、舞子に見入った。

　目を閉じていた舞子は、やがて、信也がいぶかるような視線を向けているのに気づき、汗を噴きこぼした。

「舞子……どうした」

　昼までもてあそばれていた軀の変化を気づかれたのだと思った。縄の痕がついているかもしれないし、キスマークかもしれない……。風呂の鏡で見た限りわからなかったが、自分では見ることのできない場所もある。

「何か……」

　言葉尻が震えた。

「乳首を噛んでくれなど、今までいちども言ったことはなかったぞ。それに、もっと苛めてくれとはな」

　何かを知られたわけではないとほっとした舞子だったが、ひとときの不自然な怯えの表情にはじめて不審をいだいたのは信也だった。

「何かあったのか」

「別に……何も……」

「ほんとうに何もなかったんだな？」

「ええ……」

（このままこの人に追及されたら……）

できるものなら逃げ出したかった。

「ひとりでいるとても淋しくて、あなたが恋しくて……珍しく沙紀もいないし、ふたりきりの夜だもの……ああ、あなた……もうこれ以上恥ずかしいことを言わせないで……」

乳房を激しく隆起させながら、舞子は必死の思いでそう言った。

（あなた……許して……わたし、このままでいたい……沙紀とあなたとの生活を守りたいの）

最後の審判を待つつもりで信也の言葉を待った。信也は何も言わず、舞子の首筋を舐め、ぷくりとした耳たぶを軽く噛んだ。

熱い息が耳のあたりの首筋を撫でる。その首筋に生まれた快感は甘美な波をつくり、ざわざわと全身に広がっていった。

腕を押さえこんだ信也は、繊毛のきれいに始末された青白い腋窩を晒して舐めあげていく。声をあげた舞子は、尖った生ぬるい舌から逃れようとした。軀を横にして腋をかばう。その軀を信也がもとに戻した。

執拗に腋窩を舐めまわす信也に、舞子の抵抗が強くなった。だが、白い腕はさらに強くシーツに押しつけられた。

右手を伸ばしてベッドサイドに落ちているバスローブの紐を拾いあげた信也は、ぐるぐると闇雲に舞子の手首をくくった。そんなことをするのははじめてだった。

くくった手は、ベッドの隅の支柱に固定した。バンザイの格好をした舞子の腋窩は無防備だ。

「いやっ！　解いて！」

軀をずりあげ、舞子は何とか腋窩を隠そうとする。それを引きおろし、軀に乗って押さえこんだ。動けなくなった舞子の腋窩をじっくりと責めていく。

「いやっ！」

舞子は激しく軀をよじった。

「苛めてくれと言っただろう？　今夜は沙紀がいないんだ。声を殺さなくていい。まだまだじっくり責めてやる」

腋窩を離れた信也は乳房を執拗に責めたあと、下腹へとおりていった。

夫と知り合う前のことを舞子は思い出していた。

愛する蝦沼……。

自己の解放……。

坊や本殿での男達との性……。

のたうち、声をあげる牝獣と化した自分の姿……。

汗と淫液にまみれた男と女達……。

あたたかい指が、ショーツの上から濡れそぼった秘裂の割れ目をなぞった。

舞子は我に返った。

執拗にショーツの上から秘裂や肉芽をなぞり布片を蜜でべとべとにした信也は、ようやくショーツを引き下げた。淫液にまみれた秘部の花は咲き開いている。花びらをもてあそび、肉芽の莢をくりくり揉みしだくと、透明な液は粘りながらたらっとしたたってくる。

ぬるぬるした蜜液を指で性器のあちこちに塗りたくった信也は、そのうち会陰の方へ指を動かし、あろうことか、菊蕾にさえ入りこもうとした。

ビクンと腰が持ち上がった。舞子は汗まみれになって抵抗した。阿愉楽寺でのアブノーマル行為を知られる不安に、足で信也を蹴った。

「足もくくられたいのか！」

そんなに強い語調の信也ははじめてだった。

「俯せになれ。早くしろ！」

今夜の信也はいつもとちがう。

（あなた……わたしが苛めてと言ったから……？　それとも、やはり何か感づいてしまったの……？）

信也の目を見つめながら、舞子はゴクッと唾を飲んで俯せた。ベッドの支柱にとめられている紐がよじれた。

「足を開け。かわいい尻の穴がよく見えるように広げるんだぞ」

足の間に軀を割りこませた信也は尻たぼを押さえつけた。

「うしろは、うしろはいやっ！」

信也の手が数回、バシ、バシッと舞子の尻を打ちのめした。スパンキングもはじめての行為だ。

「いちど、おまえのここをかわいがってみたかった。怪我をしないようにそっとしてやる。だから、動くな」

腰を振って抵抗しようとすると、またバシッと一撃が飛んだ。

「そんなところに大きなものを入れないで。お願い……」

秘密を知られそうな瞬間、舞子はすすり泣いた。

「指だけだ。心配するな」

いつものやさしい声だった。

菫色のキュッとすぼんだ菊花に口をつけ、信也は犬のようにペロペロと舐めまわした。舌を尖らせ、菊襞から菊芯に向かってツッと粘膜をなぞった。

舞子の全身に鳥肌がたったが、すぐに快感となって指先まで走り抜けていった。

妻の菊蕾をじっくり観察したことのなかった信也は、いつもとちがう菊花を不審に思うことはなかった。

舌先が菊口に入りこもうとした。舞子は乳房をシーツに押しつけ、枕カバーを噛んだ。生あたたかい舌はわずかに菊座に入りこみ、神経の集中した括約筋を微妙に刺激した。

昨日、大現師と蝦沼に菊壺を犯され、きょうまた破廉恥に罰あたりな数珠玉など挿入されてもてあそばれたことが、罪の意識と秘密を暴かれる恐怖となって、頭の隅から離れない。だが、快感が大きくなるにつれ、ただ悦びだけが全身を満たしていく。気が遠くなりそうだ。

（いい……あなた……気持ちいい……あなたには一生、お口でそんなところを愛してもらえるなんて思ってもみなかったわ……）

光が飛び交っている。

さんざん舐められたあと、一本の指が入りこんだ。

「くっ……」

指は浅いところで蠢いた。

舞子は嚙んでいた枕カバーを離し、喘いだ。

「あなた……あなた……恥ずかしい……」

快感のあまり、随喜の涙を流した。身をくねらせ、いつしか自分から尻を高く持ち上げ、突き出していた。

秘芯と菊蕾に同時に指を入れて動かされ、舞子はあっけなく昇天した。

最後はクタクタになり、気を失うようにして深い眠りに落ちていった。

3

恥じらいの表情を見せて、舞子は信也を見送った。

火照りと、沙紀への思いが複雑に絡みあっている。ぼうっとしているときは、信也からされたことを思い出しているときだった。受話器を見つめ、阿愉楽寺にかけようかかけまいかと悩んでいるときは、沙紀のことを考えているときだった。

その夜、信也はいつもより早い時間に帰宅した。そして、舞子を寝室に誘った。

「まだ八時前なのに……」

さすがに舞子は戸惑った。

「いいから来い。沙紀がいない間だけだ」

腕を引っ張られ、寝室に連れこまれた。

「おまえがあんなになるとは思わなかった。もっと早く気づいていればよかった。俺も何かに目覚めたようだ」

信也は意味ありげに笑った。

「まだ夕刊も読んでいないのよ……」

羞恥に俯いた舞子を信也は好ましく思った。

「新聞に載っているどんな記事よりおまえとの時間の方に興味があるんだ。きょうはいいものを買ってきた。開けてみろ」

ベッド脇に置いた紙袋を信也は顎でしゃくった。

「自分で開け……」

舞子は胸騒ぎがした。

紙袋を取った信也はベッドの上で逆さにした。パラパラといろんなものが落ちていった。

舞子は息をのんだ。

細いバイブや皮紐、羽、大きな注射筒や薬瓶、手錠、パールのネックレスに似たもの……と、得体の知れないものが広がっている。

「どういうつもり……」

声がうわずった。

聞くまでもない。何に使うものか想像できないものもあるが、皮紐や手錠、注射筒などは予想がつく。

なかでもいちばん舞子を驚愕させたのは、パールのネックレスに似たものだった。それを目にした途端、蝦沼がアヌスに押しこんだ数珠玉と重なりあった。あんな破廉恥なことを考え出す者などほかにいないと思っていたが、それに似たもので行為を楽しむ者達もいるのだ。

(ああ、いやいやいや……)

菊蕾がきゅっとすぼんだ。

「初めて見るものばかりだろう？　それとも」

「こ、こんなもの、いったいどういうつもりなの……」

「いいから、舞子、服を脱げ」

棒立ちになっている舞子を、信也が裸に剝いた。そして、うしろ手に手枷をはめた。

「おまえは貞淑な妻だ。だが、寝室ではうんと淫らでいいんだ。これからは淫らになれ」

「わたしは……淫らな女です……あなたの思っているような女じゃないんです……とても恥ずかしい女なんです……あなた、ごめんなさい」

罪の意識に耐えきれず、舞子はついに口にした。今なら何でも告白できるような気がした。もう信也との生活も終わりだと思った。

「そうだ、それでいいんだ」

予想していた言葉とちがう夫のひとことだった。

信也は、舞子が阿愉楽寺での行為を言っているとは気づいていない。

「あ、あなた……自由にして……辱しめて……死ぬほど辱しめて」

このまま何も知られずに暮らしていけるのなら、何をされてもいいと思った。

「ひざまずいて俺のものを咥えろ。かわいい声を出すおまえの口のなかでいきたい」

足を開いて立った信也の前に、舞子はすぐにかしずいた。

「そうやって手枷をはめられていると、奴隷になったようだろう?」

「はい……嬉しい……あなた」

毛深い脚にすべすべした頬をこすりつける舞子を、信也はかわいいと思って見おろした。

「舐めろ。たっぷり飲ませてやる」

やわらかな唇の狭間に肉柱を咥え、舞子は顔を前後させた。そうしながら舌で肉茎を舐めた。ときどき歯をたててやさしくしごきもした。皺袋を触りたかったが、手は使えない。

「いいぞ。きょうはいつもよりいちだんとうまいな。急に上達したじゃないか」

はっとして動きをとめた舞子は、肉棒を口にしたまま信也を見上げた。

「どうした。続けろ。とめるな」

やはり何も疑ってはいない。

(あなた、ごめんなさい……許して……何でも命じて)

舞子はいつもより熱心に奉仕した。

肉柱を根元まで呑みこみ、そのまま舌を激しく動かして側面や肉傘の裏をチロチロ舐めた。肉棒を出すと、鈴口に滲んだカウパー腺液を舐めあげ、味わった。その液の滲み出る小さな愛しい亀裂に舌先を差しこみもした。

火照りながら顔を前後に動かす。信也はそんな舞子の睫毛の震えを見つめていた。

低く短い呻きと同時に、喉をめがけて精液が飛び散った。一瞬、息をとめた舞子だったが、そのあと、ゆっくりとザーメンを飲みこんだ。それから、磨くように欲棒の先と側面を舐めあげた。

「うまいか」

「はい……」

信也は舞子の秘園に指を持っていった。一方的に奉仕しただけというのに、あわいめはすでに小水を洩らしたように濡れている。フフッと笑みが洩れた。

「舞子、ここの毛を剃ってみよう。子供のようにかわいくなるぞ」

舞子は耳を疑った。

「剃ってくださいと言え。言ってみろ」

薄めの性毛の生えた恥丘を撫でまわすと、そこもじっとり湿っている。

舞子は膝をかたく閉じ合わせた。

「言うんだ、舞子。これから、寝室では俺の言うとおりにしろ。俺に従え。おまえはかわいい俺の奴隷だ」

黙っていた舞子は勃起している乳首をつねられ、ヒッと叫んだ。

「今度はクリトリスだ。もっと痛いぞ。つねられたくなかったら、剃ってくれと言え」

「いやいや、剃ったりしないで。恥ずかしい。沙紀に知られたら……」

これまでとちがう夫……。きのうときょうのたった二日で変わってしまった夫……。舞子は混乱していた。

「知られるわけがないだろう。いっしょに風呂に入っているわけでもあるまいし。わかった、そこを思いきりつねってやる」

信也の手が肉芽に伸びた。

「や、やめてっ！　そ、剃ってください」

うしろ手に枷をはめられているため顔を覆うことができず、舞子は俯せになって顔を隠した。

風呂に行くのも枷をはめられた奴隷の姿のままだった。

「ほんとうに……剃ってしまうの……?」

半信半疑の不安な面もちの舞子に比べ、信也は鼻歌でも歌いだしそうなほど嬉々としていた。

「フフ、たっぷりシャボンをたててな」

白い泡につつまれた毛がジョリッと剃り取られた。舞子は総毛立った。だが、一方で、快感が駆け抜けていったのも否定できない。

(恥ずかしい……でも、あなたにほんとうは辱しめを受けたかったんだわ……もっと早く)

翳りが消えていくたびに舞子は蜜を噴きこぼした。それは石鹼と混ざり合い、ぬめりの多い泡となって剃刀をすべらせていった。

「なあ、舞子。年頃になったひとり娘が、いつか男ができて出て行くことになるんだと思うと、俺は切ない気がしていた。だが、今は沙紀には悪いが、早くおまえとふたりきりになりたいと思っている」

剃刀を動かしながら信也が言った。

「沙紀がいたらこんなことはできないからな。沙紀の前で、いまさらおまえといっしょに風呂に入るのも不自然だろうし」

いっしょに風呂に入らなくなって久しい。沙紀が小学校の高学年になったころからだろうか。すでに六、七年経っている。

「まだ二十歳にもなっていない沙紀が……もし結婚したいなどと言いだしたら……どうするつもり……」

北山の顔が浮かんだ。

「今の俺なら、無条件に祝福するかもしれんぞ」

剃られるままじっとしている舞子を見上げ、信也が笑った。

上の方はすっかり終わり、今は大陰唇の周辺に移っている。

「足を開け。ここは剃りにくい」

「恥ずかしい……来月、久しぶりに子宮癌の検診を受けてみようと思っていたのに……」

「つるつるで行ってみろ。医者はどんな顔をするかな」

信也はにやりとした。

「行けないわ……元どおりになるまで……」

生まれて初めての剃毛だ。夫の前でさえこんなに恥ずかしいというのに、他人に見せられるはずがなかった。

「一生、剃り続けるかもしれんぞ」

また信也が笑った。

淫猥な音がやんだ。湯をかけると、花園は幼女のようになっていた。秘裂のくぼみがやけに妖しい。

舞子を立たせたまま、信也は、陰毛の消えた新鮮な恥肌を舐めまわした。

指が軀の脇を通り、うしろにまわって菊花をもてあそびはじめる。蜜液を掬って菊蕾になすりつけ、潤滑油のかわりにして指をゆっくり菊座にこじ入れていった。

「くっう……あ、あう……」

前とうしろを同時に愛撫される快感に、舞子に急激な尿意が訪れた。ペチョペチョッと肉芽の下の聖水口あたりまで舐めまわされているせいかもしれない。

「やめて！　お待ちになって！」

這いまわる口と指はとまらない。

「あ、あなたっ！　お、お小水が！」

ひととき、下身を蠢く感触が消えた。

「お小水が出そうなの……」

ようやくそう言うと、舞子の頬は真っ赤になった。

「このましろ」

舞子はいやいやをした。

「しろ。このますするんだ。立ったままな」

「いや」

「もう一度言ってみろ」

「いやです。ヒイッ!」

クリトリスを歯でしごかれ、舞子は倒れそうになった。菊座に入りこんだ指もグニュッと動いた。

「しろ」

「こんな格好のままにしてしまったら、あなたに嫌われるわ。お願い、恥ずかしいところを見ないで。ヒッ!」

菊座にもう一本、指が入りこんだ。舞子は思わず背を反らした。

「あと一本入れてみるか」

「や、やめてっ!」

「するんだな」

叱られた子供のような哀れな顔をして、舞子はしばらくじっとしていた。不自然さに、脳からの指令がストップをかけている。排泄できそうにない。

「したいんだろう?」

「でも……」

「自分でクリトリスを触ってみろ。出るかもしれんぞ。枷を取ってやろうか。俺の目をかすめてオナニーをしたことはあるか。一度ぐらいあるな? してみせてくれてもいいだろう?」

かつてない破廉恥な要求の連続に、舞子はどうこたえていいかわからない。風呂から逃げようとすると尻を叩かれた。そのあと信也は、子供に小水をさせるときのように、舞子の太腿をぐいっと広げてうしろから抱えあげた。

暴れると均衡を失い怪我をしそうで怖い。あらがえない。何と恥ずかしい姿だろう。

「鏡に向かってするんだ。毛がなくなったことだし、赤ん坊のようでちょうどいい」

鏡に、くつろげられたグロテスクな女の秘部が映っている。咲き開いた花弁の間から、糸を引いた銀色の蜜液が流れ落ちていく。

「あなた、いやっ! おろして」

屈辱的な姿だ。

「俺を怒らせる気か」

そのまま信也は舞子を抱えていた。

尿意はすぐそこまで迫っている。

「嫌いにならないで。あなた……」

肉芽の下のめだたない聖水口から、小水が噴き出した。鏡に当たり、跳ね返り、信也の足を濡らしていった。湯気をたてながら飛び散る小水とともに、アンモニアの匂いがたちこめていった。

舞子はいつしか泣いていた。

「嫌いにならないで……こんな恥ずかしい格好で……」

子供のようにヒクヒクしゃくって鼻をすすった。

第五章　嗜虐の標的

1

阿愉楽寺の本殿から、三日ぶりに慈悦は解放された。多くの門徒達から菊蕾を犯され、歩くのさえ痛々しい。

屈辱と痛みに庫裡でうずくまるようにしていた慈悦を、蝦沼が抱き起こした。

「こたえたか」

目を伏せ、慈悦は顔をそむけた。

「なぜおまえがあの女を逃がそうとしたのか、俺はずっとそれを聞きたかった。おまえは身も心もここの人間になりきっていると思っていたからな」

やはり慈悦は黙っていた。

「こたえたくなければこたえなくていい。いつも、どうしておまえほどの女がこんなところにいるのかと、不思議に思っていた。今度のことがあって、ぜひとも聞いてみたくなってな」

そんなことより、まずはさんざんいたぶられた菊蕾に薬を塗るのが先決だと、蝦沼は薬瓶を取り、慈悦に尻を出せと素気なく言った。

「けっこうです……」

囁くような声だ。頬が透けるように白い。

「本殿を出るときの歩き方を見て、ザクロのようになってるんじゃないかと思ってな。尻を出してみろ」

慈悦は身を庇い、軀を丸めた。それを、蝦沼は力ずくで俯せにして、着物の裾をまくった。かつて幾度も肌を許した相手とはいえ、慈悦は恥辱を感じていた。どんなにぶざまな菊花になっているだろう。痛めつけられた末の汚らしい肉体の一部を他人に見られたくはなかった。

手をうしろにまわし裾を戻そうとする慈悦の手を、蝦沼がはねのけた。

「じっとしていろ。ほう、飢えたオスどもに相当やられたな」

女に対して相当無茶なこともやってきた蝦沼だったが、一目見て溜め息をついた。いつもは紫苑《しおん》色のきれいな菊花が、もっこり膨らんで赤くただれている。ところどころ菊襞が切れ、血も滲んでいる。

忌まわしい時間の刻まれたその部分を見られている屈辱に、慈悦は双丘をすぼめた。

「力を抜け」

クリーム状の薬をそっと塗りこんでやる。

「冷たい……」

足袋の中の親指を慈悦はきゅっと曲げた。

たっぷり薬を塗りこんでやったあと、軽く尻を叩いた。双丘のところどころに小さな鬱血がある。行為の最中、力いっぱい尻たぼをつかまれていたせいだろう。

「いいぞ、またあとで塗ってやる」

すぐさま慈悦は裾を下ろして尻を隠した。

「あとは自分で……」

半身を気怠そうに起こしながら、慈悦は蝦沼の手から薬を取ろうとした。蝦沼はさっと引き、渡すまいとした。

「傷の治り具合も見ないといけないからな」

「すぐに……治ります」

他人ごとのような口調だ。

「そう願いたいな」

掌の上で蝦沼は薬瓶をもてあそんだ。

「あなたはなぜ……本殿にいらっしゃいませんでしたの。なぜ……わたしをお抱きになりませんでしたの。三日も繋がれていましたのに」

首をわずかばかりかしげるようにして慈悦は蝦沼を見つめている。かすかに開いている唇は、まだ何か言いたげだ。

「俺に抱かれたかったのか」

蝦沼は鼻先で笑った。

「俺は飢えちゃいない。そういうことさ。簡単だろう?」

そこへ大現師がやってきた。蝦沼は素早くポケットに薬瓶を隠し、知らん顔をした。

「何をしている」

不自然な態度のふたりを、大現師が交互に見比べた。

「ここで抱かせろと交渉したが、いやだと断わられました。しばらく男はいらんと言われて、ふてくされてるってわけですよ」

わざとぞんざいな口調で言った。

「眠る暇もないほどさんざん犯られたろうからな。慈悦、反省したか」

疲れが出たのか、慈悦は大現師の言葉など聞いてはおらず、コックリコックリしはじめた。

「祝いの日までおまえが慈悦を見張れ。祝いの日に、また慈悦の軀を貸してもらう。思う存分男どもは慈悦を嬲るといい。頼んだぞ」

三日も門徒達にいたぶらせてぼろぼろにしておきながら、まだ気がすまないのか、大現師は鋭い目で慈悦を睨んだ。

「わたしの部屋に繋いでおくことにしますが、かまいませんね」

「ああ、かまわん。抱きたければ抱け」

大現師はそそくさと出ていった。

「慈悦、起きろ。俺の部屋に行くぞ」

かすかに目を開けた慈悦は、またすぐに瞼を閉じた。蝦沼は慈悦を抱きあげた。細い首筋がだらりと垂れた。

慈悦は死んだように眠っている。ときどき寝息を確かめないと不安なほどだ。

四時間ほど昏々と眠りつづけた慈悦は、ようやく目を開けた。傍らに蝦沼がいるのはすぐに気づいたが、まだ眠たげな視線で周囲を見まわし、着ていたはずの藍染めの着物が足元の方に掛かっているのを見て、そこが彼の部屋だと気づくには少し時間がかかった。

部屋に連れてきても眠りから醒めず、腕の中で深い寝息をたてている慈悦を見つめ、最初蝦沼は着物のまま寝かせようとも思ったが、帯を締めたままではきつかろうと、四苦八苦して脱がせたのだ。

(これじゃ火事になってもわからんな)

びくともしないで眠りつづける慈悦に呆れたものだ。それだけ、か細い軀が消耗しきっているのがわかった。

「まだ寝ぼけてるぞ。もう少し休め。起こしはせん。その前に尻を出せ。薬を塗る時間だ」

布団を剝ぐと、慈悦は軀を起こして俯いた。

「他人行儀になる間柄でもあるまい。さっきのように、俺にめくりあげられたいか。それでもいいぞ」

俯せになった慈悦だったが、そのままじっとしていた。

ポケットから薬瓶を出した蝦沼は、薄桃色の襦袢の裾をめくりあげた。

「いい尻の形だ。以前とちっとも変わらんな。きれいに治ったら、俺も久しぶりでここと繫がってみたい。しかし、当分おあずけのようだな」

剛棒を咥えた慈悦のアヌスは、ほかの女のうしろより格段といい。ワギナがそれぞれの女によって微妙にちがい、ある者は巾着であったり数の子天井であったりするように、菊口や菊壁の感触もわずかずつちがっている。

蜜液の出がちがうように、菊蕾の湿りも人それぞれにちがう。バルトリン腺からの蜜とまちがうほどじっとり菊襞を濡らす女もいる。慈悦はしっとりとよく湿る方だ。

「今でも……かまいません……」

「うん？」

「今、お抱きになってもかまいませんわ。うしろをお刺しになっても……」

従順な奴隷のようだ。

「ばかなことを言うな」

蝦沼は冷笑した。

「まだ本殿に繋がれていると思えばすむことです……」

正気で言っている。ぼろぼろに疲労しきった軀を憩わせるどころか、さらに痛めつけようとしている。蝦沼はぞっとした。

「こんなに醜く腫れ上がったアヌスには、頼まれたって入れはせん」

半透明のクリームを乱暴に塗りこめた。

慈悦は声をあげ、顔をしかめた。

「このくらいで呻いていて、俺の太いやつを咥えられると思うのか。えっ？」

わざと乱暴に菊蕾の内側まで薬を塗りこめていった。

端正な眉を寄せた慈悦は、シーツをくっと握りしめた。短い声をあげて痛みを訴えている。

「指一本入りこんだだけで喚くのか。俺のもので刺していいと言っておきながら」

すすり泣きが広がった。だが、懸命に声を殺そうとしている。

「泣け。泣きたいだけ泣いてみろ。自分で選んだ身の上がそんなに哀しいか。ここの破廉恥な得度の意味ぐらいわかっていただろう」

慰めなど見せず、むしろ叱責した。

(自分で選んだものなんて何もないんです……与えられた人生を歩いていくしかないんです……)

慈悦には諦めしかなかった。

「ただの門徒ではなく、得度の儀式まで受け、花びらにピアスまでしておきながら、たった三日男達に尻を嬲られたくらいで泣くのか。慈悦、何か言ったらどうだ」

すすり泣きは嗚咽に変わった。華奢な軀だけに、震える背中が痛々しい。

そんな慈悦にかまわず、襦袢や湯文字を剝いでいった。慈悦は泣きながらされるままになっていた。

何もつけていない慈悦の軀を蝦沼はしげしげと眺めた。三日前、舞子を本殿に連れていき、そのとき繋がれたばかりの慈悦を見ているが、ふたりきりになってじっくりと眺めると、またいちだんと美しかった。

絹そのもののような細やかな肌。くびれた腰のえくぼ。いくつになってもこのえくぼは消えないものだろうか……。蝦沼はそのくぼみを人さし指でつついた。

「うしろを犯してやろうか。どうする？　どうしてもというなら、血の滲んだそこを突き刺してやってもいいんだぞ」

わざと冷たく言い放つと、慈悦は痛々しい菊蕾を晒し、黙って四つん這いになった。

「ばか野郎！」

蝦沼は慈悦の尻に、激しい平手の一撃を放った。

（いくらでもお仕置なさって。何もされないよりこの方がまし……）

ビシャビシャと肉の弾ける音が続き、音がやんだとき、蝦沼はハアハア息を弾《はず》ませていた。

「仰向けになれ！　足を開け！」

あらがいも見せず、慈悦はそのとおりにした。小さな真珠のピアスが花びらに刺さっている。抵抗しない慈悦に、蝦沼はますます怒りを増長させた。

「俺が何かすると思っているだろうが、そうじゃないぞ。自分でやれ。よく見えるように指で広げたら、もう片方の指で慰めろ。たっぷりオツユを出して気をやるんだな」

すぼんでいた唇がピクリと動いた。

言われるまま、黙って動いていた慈悦が、ここにきてはじめて迷いを見せた。

「どうした。おまえは男の言うことなら何でも聞くんだろう？　その傷ついた尻さえ犯していいというんだ。自分で慰めるくらい朝飯前だろう。やれ」

眉間に小さな皺を寄せ、慈悦は救いを求める視線を向けた。

「さっさとしろ！」

容赦なく蝦沼は命じた。

（わたしには何も拒むことはできないんです……）

ゆっくりと左手をおろした慈悦は、二本の指で花びらを広げた。その指先が震えた。

鋭い視線に射竦められたまま、慈悦は右手もおろしていった。肉芽を包んだ莢に人さし指をつける。だが、その指をすぐには動かせなかった。

「何をもたもたしている。そんなピアスまでして、ウブな娘というわけじゃあるまい。しろ！」

怒り狂った蝦沼に従おうとするものの、それは気持ちだけで、指は張りついたように動かない。

（できない……なぜ……ああ、だめ……）

秘園から手を離した慈悦は、両手で顔を覆った。

「できないのか？　これまでに何度もやっただろう。しろと言われて見せたこともあるはずだぞ。なぜできん。許さんぞ。しろ！　自分の指でオ××コが腫れあがるまでいじりまわせ」

今まで見せたこともない鬼のような形相で、蝦沼は慈悦を見おろした。

「許してください……あなたがなさって……」

「おまえは言いなりじゃなかったのか。少しは人間としての誇りが残っていたのか。お布施の女を逃がしてやろうとしたんだったな。なまじ操り人形でもあるまいがな」

目を伏せようとする慈悦の顔をつかみ、乱暴に自分の方にねじ向けた。

「なぜあんなへまをやった。門に行きつく前に誰かに見つかることぐらいわかっていたはずだ。何年ここにいる。こたえろ。こたえんのなら、続きをしろ。指はどこだ！　甘い声を出して喘いでみせろ！　慈悦、俺の言うことが聞けないのか」

顔を離した蝦沼は、慈悦の手を取り、秘園へと引きおろした。

「こういうふうにな、やれ。わかっているだろう」

力ずくで細い人さし指を肉芽に押しつけ、上からぐりぐりと動かす。慈悦は痛みに顔を歪めた。

蝦沼が手を離すと、ひと呼吸おき、慈悦は自分で指を動かしはじめた。快感ではなく、肉の痛みと心の痛みに耐えている目だ。

徐々に息が荒くなり、慈悦は鯉のように口を動かすようになった。足を突っ張り目を閉じる。

（これでよろしいのね……これがお望みなのね……）

乳房が激しく隆起した。蜜液がピアスの刺さった花びらを濡らし、肉溝に溢れ、果肉までもぬるぬるにし、白い指の動きとともにチュグッと淫らな音をたてた。

Vの字に広げた指によってぱっくり割れた秘裂。その上の突起の部分で、慈悦の繊細な指が優雅に動いている。まるく揉みしだき、左右に揺れ、上下に細やかに動いていく。なめらかな指を見ていると、ラビアに刺した小粒の真珠はそうやって蜜の中から生まれてきたのではないかと錯覚してしまうほどだ。

指の速度が増した。

エクスタシーの瞬間、慈悦は大きく口を開け、首をのけぞらせた。折れてしまいそうな首筋だった。全身が細かく痙攣した。

痙攣が治まると、慈悦は虚ろな目を天井に向け、コクッと唾を飲んだ。

蝦沼は慈悦の腰のあたりにティッシュボックスを乱暴に放った。慈悦は動かなかった。

「どこで生きていくのも同じです……辱しめられてもてあそばれて……いつもそうでした……」

寺では大現師に気にいられ、得度してみんなに慈悦さまと呼ばれ、たとえ男の慰み者だとしても、これまで知っている外の世界よりはましだったと、慈悦は天井を見つめたまま言った。

「でも……あの方はいやがっていらっしゃいました……見て見ぬふりをしていることに、もう耐えられないんです……」

橘多美子を逃がそうとしたわけを、慈悦ははじめて口にした。

灰皿を引き寄せた蝦沼は、煙草を一本引き出しながら、フンと鼻先で笑った。カルティエのライターで火をつけ、一服して煙を吐くと、すぐに揉み消した。その間、慈悦はじっとしていた。

「お布施の女は最初こそ拒んでいたものの、今は一の坊で亭主も交えて複数とのセックスに浸っているぞ。前とうしろから一度に刺され、ヒィヒィよがり声をあげて悦んでいる。逃げられなかったことがあの女のためにはよかったんだ。嘘だと思うなら覗いてきてみろ」

慈悦はうなだれた。

夫の公認ということもあり、いちど覚えたアブノーマルな性は、これから多美子の軀をいっそう泥沼へと引きずりこんでいくだろう。

「さっき、ここは外の世界よりましだと言ったな。どういうことだ」

慈悦は後妻の連れ子として母親とある家に入り、そこで新しい父親にも、兄と呼んだその息子にも犯され、果ては母親とともにヤクザな男に売られ、いかがわしい場所で商品として男達にもてあそばれていたことを話した。

「わたしを抱いたひとりが大現師さまでした。わたしを気に入り、ずいぶんたくさんのお金を払って買い取られたということですわ」

〈買い取られた〉という言葉に、蝦沼の眉が動いた。それで大現師は、お布施を逃がすようなことをしようとした慈悦を、徹底的に仕置しようとしているのだ。金で手にいれた慈悦は、大現師の意のままに動かねばならないのだ。それが当然と思っているにちがいない。

しかし、ここでさんざん女の相手をしていながら、外でも女を買っていたと知り、蝦沼は恐れいった。もっとも、そのくらいの男でないとここの主は務まらないだろう。蝦沼も寺を出て女を買ったことがある。

「建立の祝いのとき、大現師はまたおまえを門徒達に嬲らせる気だ。そう言っていたぞ。ここを出るつもりはないのか」

慈悦は力なく首を振った。

「わたしには行くところなどございません……ここにいるしかないのです……大現師さまもそれをよくご存じです」

故郷や家だけでなく、まとまった金さえないのだ。飼われた犬が餌を与えられて家人に忠誠を尽くすように、慈悦はこの与えられた場所で生きていくしかない。

「俺におまえを見張らせているくらいだ。隙あらば逃げると思っているのさ。行くところがあるなら出るのか」

「どこに行っても同じです……」

「どうかな。ともかく、もう少し寝ろ」

蝦沼は部屋を出ようとした。

「おくくりにならないの？　このままお行きになるの？」

「ここを出ても行くところなどないと言ったばかりだろう？　それとも、逃げてみるか」

試すように聞いてみる。

慈悦はひととき蝦沼を見つめ、小さく首を振った。

「だったら、くくる必要などないだろう」

背を向けた蝦沼に、

「待ってください……抱いてください……今、わたしを抱いてください……」

慈悦は布団を出て足元によろよろといざり寄った。

「俺は別に禁欲しているつもりはないぞ。疲れきっているおまえを哀れに思って抱かないわけでもない。いいから寝ろ」

だが、慈悦は蝦沼にすがりついてきた。

「抱いていただきたいの。たった今、あなたに抱いていただきたいの。慈悦を抱いてください」

そんなことを言う慈悦ははじめてだ。

足元にすがりついている小さな慈悦に、蝦沼ははじめて情がわいた。

「ここを出る気があるのなら抱いてやる。一生ここにいるつもりなら、これからも抱こうとは思わん」

きっぱりと言った。

「あなたがどこかに連れていってくださいますの……？」

「おまえに出る意志さえあればな」

ひととき蝦沼を見つめた慈悦は、口を開く前にコクッと喉を鳴らした。

「連れていって……ください……」

蝦沼はうなずくと、慈悦を抱きあげ、布団に運んだ。

2

大現師は奥の坊にやってくると、薄気味悪い笑いを浮かべながら沙紀に目をやった。

「どうだ、少しは言うことを聞くようになったか」

「ええ。このとおり」

だが、裸の沙紀は北山の膝に乗っていたが、慌てて飛び降り、広い背中に身を隠した。

「こっちにきて立ってみろ。オケケの生え具合を見てやる」

沙紀はヤモリのように北山の背中にへばりついた。

「おまえはしばらく外に出ておれ。何しろ、せっかく連れてきたというのに、祝いの日が近づいてきて雑用ばかりだ。おまえに任せっきりで、最初の日以来、ほとんどこいつに触っておらんからな」

腕を引っ張ると、沙紀は、いや、と叫んでますますぴたりと北山にすがりついた。大現師を毛嫌いしている。

鼻の下を長くしていた大現師の表情が、途端に険しくなった。

「何だ、その態度は。ちっとも変わってないではないか。今まで何をやっていたんだ。やり方が悪いぞ」

大現師は沙紀に鋭い視線をやったあと、北山にも同じ視線を向けた。

「生理でも近づいてイライラしてるんでしょう。さっきまでは従順でしたから」

やり方がまずいのはおまえの方だ、と大現師に返したいのを我慢して、北山は素気なく言った。

阿愉楽教の教祖でありながら、女の心をつかむのが下手だ。くくりつけさえすればいたぶり方がうまいので、たいていの女は音をあげて言いなりになるが、それは軀だけで、心まで自由にするのは難しい。そういう意味で、北山や蝦沼達が果たしている役割は大きい。彼らは女を安心させる。暗示をかけるのがうまい。

「おまえは出ていろ」

横暴な口調の大現師は、追いつめた獲物を嬲る目をしていた。

(こんな人、いや。助けて)

沙紀は北山が何とかしてくれるはずだと信じていた。

だが、沙紀はその北山に力いっぱい引き剝がされ、声を出すまもなく頰をはたかれていた。

バシッと派手な音がした。

思ってもみなかった北山の行為にあぜんとし、沙紀は赤く手形の浮きあがった左頰を両手で押さえた。

「言うことを聞けと言ってあるはずだぞ。痛い目にあいたいんだな。何度言ったらわかるんだ」

「やめろ。せっかくのかわいい顔を台無しにするな」

ふたたび拳を振り上げた北山を、慌てて大現師がとめた。

「あと三十分だけ時間をくれませんか。もう少し言うことを聞けるようにしておきます。それまで、庫裡でうまい茶でも飲んでいてください。こんなガキに舐められてたんじゃ、立つ瀬がありませんからね」

怯えと憎悪の入り交じった沙紀の視線が北山に向けられていた。

「おまえの気持ちはわかるが、わしがやる。おまえの三十分より、わしの三十分の方が利くはずだ」

「しかし……」

言い含める時間が欲しいと思って不本意に沙紀を殴った北山だったが、当てがはずれた。

「見物するならしろ。隅っこの方でな」

泣き叫ぶ沙紀を見る気はしないが、大現師を見張っておかないことには、うっかりバージンを奪われでもしたら大変だ。

建立二十周年の式典の場に引き出す沙紀が非処女では困る、などといったことを北山は考えてはいない。そんなことより、うぶな沙紀だけに、それなりの順序を踏んで女にしてやりたいと思う気持ちが芽生えはじめていた。この雰囲気の中で一生一度の貴重な女の体験を終わらせてしまうわけにはいかない。

怯えた顔をした沙紀は、頬を押さえたまま尻であとじさった。

抵抗するならくくるのが早道だ。大現師は縄を取った。くくられて大現師に責められ、落ちない女などまずいない。しぶとい女には、それなりの執拗な方法をいくらでも持ち合わせている。

見物するなら隅っこの方でなどと言ったばかりというのに、押さえつけるのを手伝えと、大現師はさっそく北山に命じた。女をてなずけるのは下手だが、大現師の縄掛けだけはうまい。芸術的に仕上げる。北山は大現師に縄掛けを習ったようなものだ。

前手開脚縛りにされた沙紀は仰向けにころがされた。ただ両脚を広げてどこかにくくりつけるのではなく、それぞれの膝のやや上を別々に結んでとめ、縄尻を胸縄の背中の方にまわしてくぐらせ、ふたたび膝の縄に戻す縛りかたで、ころがすと脚はMの字に開き、股間丸出しでアヌスもすっかり晒される。

北山にポラロイドカメラを持ってこさせた大現師は、破廉恥な格好で泣き叫ぶ沙紀に大満足で、まずは十枚ほど写した。全身、下半身、秘園のアップ……と、いろいろな角度から写した。徐々に鮮明になってくる像を見つめながら、大現師は舌舐めずりした。

「見ろ。よく撮れたぞ」

首を振りたくる沙紀の胸縄をぐいと引き、一枚ずつ執拗に見せる。黒い前髪が汗で額にへばりついている。こんなときでさえ沙紀は、若い女のほんわりとした甘いやさしい体臭を漂わせていた。

「これを今すぐ家に送ることもできるんだぞ」

「いやいや！　いやっ！」

「家だけでは面白くないかもしれんな。半分は近所にばらまくか。あっちこっちに落としておけば、どうなるだろうな。華道教室の玄関先もいいが、もっと男の多いところの方がいいかもしれんな」

汗びっしょりになっている沙紀を冷笑した。

「おい、誰か呼べ。すぐにこれをばらまかせるんだ。きょう中にな」

「いや！　やめて！」

写真をばらまくはずがない。あとあと面倒になるのは沙紀の将来だけでなく、大現師自身だ。そのへんのことは北山も承知している。だが、ただの脅しと知らない沙紀は必死だ。

あとで写真を目の前で処分することを交換条件に、軀を触るまでもなく、早々に沙紀は屈服した。抵抗すれば、その時点で門徒に頼んでばらまきにいかせるぞと、大現師は念を押した。

(フン、こんなことでガキが心を開くはずないだろう。まったく、何年男をやってるんだ。俺の倍ほど生きてるくせに)

満悦した大現師を北山は一瞥した。これまで大現師のやり方を見ていて、そんな気持ちになることはなかった。

(このガキを庇ってるつもりか……)

北山は自嘲した。

Mの字になっているものの、膝から下は宙ぶらりんの沙紀だ。大現師は足を取り、指をしゃぶりはじめた。ベチョベチョ音をさせながらしゃぶっていき、指の間もエロエロッと舌で舐めあげた。

(汚い……やめて……)

ズクンとするのはくすぐったさと嫌悪感だ。生あたたかい舌は気色が悪い。

足指から太腿へと少しずつ這いあがってきた舌に、次は秘園だと思った沙紀だったが、倒した軀を抱き起こした大現師は、さらけ出された秘部をとおりこし、絞りあげられた乳房をもてあそんだ。

首筋から唇へとさらに這いあがった大現師は、ついに唇を塞いだ。大現師の唇だというだけでおぞましい。足指を舐めまわしてゆすいでもいない口だと思うと、余計に汚らしかった。唾液をジュルジュル吸い上げ、果ては自分の唾液を沙紀に飲ませようとした。

（汚い……いや……いや……）

悪寒が駆け抜けていく。

思わずオエッと吐きそうになった。胃の中のものが奥底からつきあげてくる。胸のやや上でようやくとまった。

顔を離した大現師は、涙を滲ませている沙紀を見て、目尻をペロッと舐めた。それから、最初のようにまた沙紀をころがし、秘園に見入った。

「処女のピアスもいいかもしれんな」

花びらの縁を指先で辿った大現師は、意味ありげな笑いを浮かべ、北山を振り返った。

ラビアピアスのことだと直感した北山ははっとしたが、沙紀は想像もしていない。本殿の阿愉楽菩薩はあくまでも木彫りの像でしかなく、生身の人間ではない。現実にそんなピアスがあることを、沙紀はまだ知らなかった。

「よし、片方だけやるぞ。儀式のとき、ピアスをはずして処女を戴くというのはどうだ。素晴らしいアイデアだろう。門徒達は処女のピアスを見ただけで悦ぶはずだ」

大現師は酔ったように喋っていた。

「しかし……」

(何ということだ……やりかねないぞ)

北山はこの場をどう乗り切るかと焦った。

「いい具合に縛ってあることだし、ちょうどいい。蝦沼も呼んでこい。器具の用意もしろ」

すっかりその気になっている大現師には何を言っても無駄なようだ。だが、北山は乗り気にならなかった。

「いつまでもここに置いておくわけにはいかない女なんです。祝典が終わったら返すんです。ピアスはまずいでしょう……。あとで母親が知ったらまずいことに……」

「ならんな。まずいことになるなら、この娘を連れてきたときすでになっているはずだ」

何の話をしているのか、やはり沙紀にはわからなかった。ただ、自分に関したことだということだけはわかる。

「庫裡で一服してきませんか。その間に蝦沼を呼んでおきます。道具も揃えたところで呼びにいきますから」

時間を引き延ばすことだけを考えていた。その間に何かいいアイデアが浮かぶかもしれない。こうなったら蝦沼に知恵を借りようとも思った。

「北山……まさかおまえ」

大現師が心の底を覗き見るような視線を向けた。

「は？」

平静を装った。

「わしの考えが不服で、逃がしでもするつもりではないのか。あの慈悦さえ裏切った」

言葉が終わるか終わらないうちに、北山は座卓をドンと拳で叩いた。沙紀だけでなく、大現師もびくりとした。

「もういちど言ってもらいましょうか」

荒い息とともに動く胸の隆起が、北山の怒りの大きさを表わしているように見えた。

「いや、悪かった……忘れてくれ。おまえを信頼している。じゃあ、準備ができたら、庫裡に呼びにこい」

大現師が出ていった。

いつもならふたりきりになるとすぐに甘えてくる沙紀が、股間を晒したまま北山から顔をそむけている。寺で唯一信用していた男に殴られたことで深く傷ついているのだ。

「殴ったのは悪かった。口が酸っぱくなるほど言い聞かせているのに、いつまでたってもあんなことじゃ、示しがつかんからな。まだ大現師は処女を奪ったりはせん。そう言っただろう。甘えた振りさえしていれば、こんな破廉恥にくくられもしなかったんだ」

「嫌い！　いやっ！　解いてっ！」

憎悪を剝き出しにした沙紀に、はじめて北山に残虐な思いが湧きあがった。

「ふん、ガキに俺の気持ちはわからんだろうな。これでも何とかしてやろうと思ってるんだ」

「嘘！　嫌い！　出てって！」

精いっぱい軀をよじり、横向きになって叫ぶと、わっと泣きだした。

(チクショウ！　ガキめ！)

北山は蝦沼の部屋に向かった。頭の中がごちゃごちゃだ。

久しぶりに入る蝦沼の部屋では、慈悦が死んだように眠っていた。

「変な匂いがするぜ」

精液の匂いがかすかに鼻孔に触れ、北山は口の端で笑った。疲れきった慈悦を抱いたのがわかる。コトが終わった途端、慈悦は眠りに落ちたのだと想像できた。

「どうした。ガキの子守はいいのか」

いつもの北山とどこかちがうのを、蝦沼は敏感に嗅ぎとった。

「ガキにピアスをするんだとよ。片方だけだがな。おまえも手伝え。おまえと器具が揃ったところで、大現師を呼びにいく」

捨て鉢な北山だった。

「マジかよ」

「冗談を言ってもしょうがないだろう」

北山は苛立った。

「惚れたな。あんなネンネのガキに」

蝦沼はくくっと鼻で笑った。

「ばか言うな……」

図星だけにきまりが悪く、

「半分死んでいるようだな」

部屋の隅の慈悦の寝顔に目をやった北山は、その場をごまかした。

「三日間、野獣どもにさんざんうしろを犯られ、無様なものだ。建立の祝いの日に、また門徒達に嬲らせる気だ。女房のように信用していた慈悦の裏切りだからな。で、おまえも裏切りたいんじゃないのか」

蝦沼が唇の端を歪めた。

「そういうおまえはどうなんだ」

一抹の望みをたくしながら北山は尋ねた。

裏切りの定義は何だろうな、と笑った蝦沼は、退廃的な教えが自分にぴったりで、金にも女にも魅力があるし、いつかは寺をのっとってやろうとも思っていたが、と話した。

「今の言葉だと、のっとってやろうというのは過去形のように聞こえたが」

門徒達の前で、もっともらしく大現師と同じ儀式をするのかと思うとぞっとし、そのあと、大現師になった自分の姿を想像してその滑稽さに笑い転げてしまったと、腹を揺すりながら蝦沼は笑った。

ほんのひととき沙紀のことを忘れ、北山も吹き出した。

ふたりは互いに似かよった匂いを感じた。


ラビアピアスを開けるための器具とゴールドの細いピアスを用意して、北山と蝦沼は奥の坊に入った。

沙紀はヒクヒクしゃくっていた。

ふたりはこれからのことを黙っておくことにした。大現師にもうまく言い含めるつもりだ。すぐに済むことだ。何をされるか知った沙紀は恐怖に泣き喚くだろう。それなら、いっそ終わってから告げた方がいい。チクリとするだけで終わることだ。

北山は深呼吸して大現師を呼びにいった。

ふたりになったところで蝦沼は、十九年前を思い出しながら舞子の娘を観察した。くくられた軀を意識的に堅くしているが、四十四、五キロしかないような小娘を動かすのは簡単だ。

まず半身を起こし、背中を見る。ほのかな桜色を浮き出させた紅志野の陶器のようにやさしい。いましめがまわっているだけに、やさしさは際だつ。背中だけ見ていると、遠い日の舞子を相手にしているような気がした。

舞子の背中に唇を這わせると、優雅な白魚のように身をくねらせた……。

同じ肉体を持ちながら、性器のちがいだけで、なぜこれほど女の軀はまろやかでやさしいものかと、その背中を見るたびに蝦沼は感嘆した。そして結局は、女と男の肉体は異質のものだと思うに至った。目や鼻や耳や唇、手足……すべてが似ていながら、実はまったく別の細胞でできた別のものにちがいない……。

軀を倒し、仰向けにする。腰のくびれの下方で、Mの字になってはいるが、時代の推移により舞子より長い脚がある。長いのもいいが、もう少し肉のついた脚の方に蝦沼は魅力を感じる。

クックックッと沙紀が大きく肩先を震わせはじめた。それにかまわず蝦沼は秘園を覗きこんだ。使っていないだけに、ぬめりをおびたピンクの粘膜が美しい。食べてしまいたくなる愛らしい花びらだ。

性器にも顔がある。沙紀の花園は清楚でういういしい。そこを見ただけで沙紀の日常が想像できる。その清楚な花にこれから大現師は無情に穴を開け、慈悦達と同じようにピアスを刺そうというのだ。沙紀に惚れていなくとも痛々しく感じた。

大現師を伴った北山が入ってくる。

さすがに沙紀は異様な雰囲気を察知した。

(何がはじまるの……いや……三人も揃って何をするの……)

目隠しをされ、不安が増した。

「いやァ!」

三人が無言のうちに動いていくだけに、沙紀の恐怖はなおさらつのる。

ラビアピアスのことは、終わるまで伏せておくことになった。沙紀に目隠しをした北山を見ながら、蝦沼もなぜかほっとした。

座卓に毛布を敷き、開脚縛りのまま沙紀を仰向けにする。

「いやいやっ! いやァ! 助けて!」

沙紀は坊中に聞こえる声で叫びはじめた。本殿にも届いているかもしれない。

思いあまって口輪を嗔めようとした北山を、大現師がとめた。

「いい声だ。喚かせておけ。この声を聞いているだけでビンビンになる。おまえ達も興奮するだろう。これを機会に、比丘尼だけでなく、門徒の女達全員にもピアスをすることにするか」

大現師の言った言葉が、叫び声をあげていた沙紀の耳にも入った。

（ピアス……ピアス……）

口をつぐんで繰り返してみる。北山とふたりのときも言っていた。

（耳にピアスを開けるつもり……？　なぜ……）

まだラビアピアスと気づかなかった。

「蝦沼、おまえはしっかりと肩先を押さえつけておけ。北山はこいつをこっち向きに跨いで膝頭だ」

ピアスを開ける銀色の器具を手にした大現師は、座卓の手前に胡座をかき、Mの字の中央に軀を入れた。沙紀の尻は座卓の手前ぎりぎりのところにある。

北山は座卓に乗り、沙紀を跨ぐと膝をついた。M字のまま左右に動く膝を押さえこむ。大現師と向かい合っているため、ピアスを開けるところは見えるが、沙紀の顔は見えない。見ないですむならそれにこしたことはない。

蝦沼は肩先を押さえる係なので、すぐ目の下に沙紀の顔がある。首を振りたくりながら声をあげている沙紀がやけに哀れで、それは同時に男にとっての快感でもあった。

(レイプをしたがる奴はこの刺激がたまらんのだろうな)

寺に連れてこられた女をときには力ずくで抱きもするが、別の場所でレイプをするつもりはない。

(大現師が言うように、喚けば喚くほどチンポコがビンビンになるぜ。北山のチンポコはどうなってるんだろうな。惚れた女が喚いているんだから縮こまってるか……)

蝦沼はズボンを押す肉柱をもてあましていた。

(チクショウ！　黙れ沙紀！　喚いたっていまさら大現師はやめはせんさ)

背中の声に北山は耳を塞ぎたくなっていた。

消毒綿で大現師が沙紀の右の花びらをぬぐった。

「ヒッ！」

冷たさに声をあげた沙紀は、愕然とした。

(まさか！)

確かに冷たいものは花びらをよぎっていった。

(そんな……)

はじめて沙紀の脳裏に、本殿の阿愉楽菩薩の花びらが浮かんだ。ざざっと音をたてるように悪寒が走り抜けた。

「いやァ！」

ひときわ高い悲鳴があがった。

「どうやら何をされるか悟ったようだな。かわいい花びらにピアスを刺してやるんだぞ。少し辛抱しろ」

小気味よく口にした大現師は、もういちど花びらをぬぐった。冷たさを感じると同時に、沙紀は恐怖のため、小水を洩らした。大現師の手をびしょびしょに濡らし、座卓に敷いた毛布もぐっしょり濡れ、端からしたたって畳を濡らしていった。

北山は膝を離した。

「また粗相したな。これで二度目だぞ。恥ずかしくないのか」

これからというときだっただけに、大現師は舌打ちした。

何があったのかようやく蝦沼にもわかり、肩先から手を引いた。

風呂に入れてくるという北山を、大現師が遮った。

「湯を持ってきて拭け。毛布もかえろ。さっさとやるぞ」

沙紀が怯えるほどにサディストの血がたぎるのか、大現師の目は血走っていた。悠長にやる余裕などこれっぽっちも残っていない。

十分もするとふたたび用意が整い、三人はそれぞれの位置についた。

「いやァ！　いやァ！　いやァ！」

ひとしきり泣くだけだった沙紀が、そのときが近づいたことを知り、また絶叫した。

興奮しきった大現師は、粟だった沙紀の皮膚をにんまり見つめながら、こんどは故意にゆっくりと花びらを消毒した。

（もったいぶらずにさっさとやれ。うるさくてしょうがねェだろう）

北山は苛々していた。大現師のように沙紀イコール獲物だという認識はない。

銀色の器具をとった大現師が、小さめの楚々としたピンクの花びらの中心よりややアヌスに近い部分にそれを当て、薄ら笑いを浮かべながら一瞬のうちに穴を開けた。

あっと小さく呻いた沙紀は、その瞬間より、ゴールドのピアスと大現師のもぞもぞしている指の感触を感じたときの方がぞっとした。

（こんなことされたら、もう帰れない……）

声をあげる気力をなくし、口を半開きにしていた。

丸いゴールドのピアスを刺された花びらには、かすかな血が滲んでいた。

目隠しといましめが取られた。

「見ろ。気に入ったか。比丘尼達とは比べられんほどかわいいじゃないか」

放心した沙紀の心中などかまわず、大現師はふたりの男に、誇らしげに秘園を広げてみせた。

脚の間に割って入った鏡を強制的に見せられた沙紀は、花びらを貫通して下がっている金色のピアスを見て、想像より何倍も生々しく屈辱的な姿に、身をよじって泣き崩れた。

3

阿愉楽寺建立二十年の祝いは五日後に迫っている。すでに寺は活気づいていた。布教から戻ってきた得度した女達によって、華やかさはいっそう増している。その七人の女達は、幾人かずつの門徒志望の新しい男女を連れていた。

祝いの秘儀に参加する大部分の者は市内のホテルに泊まることになっていたが、それでも寺には手伝いの者が泊まることになっており、空いている部屋はなかった。臨時のプレハブさえ建てられている。

本殿の阿愉楽菩薩は磨きたてられ、特にその大きく淫らな花びらは丁寧に清められ、当日は、新たに購入されたダイヤのピアスが塡められることになっている。

阿愉楽菩薩の前に、ベッド代わりの薄いマットをつけた特製の御供物台が置かれる。白いシルクの布で覆われ、手足を固定できるように四方に強固な金具がついている。大現師はその上に沙紀を横たえ、処女を奪う。雪のように白い布は、沙紀の処女血で真っ赤に染まるだろう。

もうひとつの台には、同じように光彦を乗せる。

光彦はつい先日までゲイバーに勤めていた。門徒のひとりが連れてきた高校中退のまだ十七歳の美少年だ。百六十三センチしかない小柄な光彦は、珍しく一重瞼できれいな目をしている。上唇がつんと尖っているのがかわいい。

光彦は女に興味を示さず、大現師の肉棒で菊蕾を突かれると愛らしい唇の狭間から涎を流し、エクスタシーに打ち震える。

これからも面倒を見てやるかわりにと、言うことを聞くよう命じている。何も知らない女達の胸が騒ぐだろう。

得度した女達には軀の透ける帷子を着せ、門徒と向き合うように前に立たせる。儀式の進行によって、七人の恥毛を門徒達に少しずつ剃毛させる。最後につるつるに仕上げるのは、やはり門徒だ。指名された七人の男達は今から興奮している。

得度しているのは八人だ。慈悦には七人と同じようにさせるつもりはない。慈悦は七人などとは比べられない特別の女だ。格がちがう。それだけに、たった一度の裏切りも困る。今後、決してそんなことがないようにしておかねばならない。万一、寺から逃げ出されても困る。

慈悦の背中に、阿愉楽菩薩の絵と阿愉楽経の一部を墨入れすることにした。

慈悦のすべすべした肌を知っている門徒のひとり、彫師の堀田秀慶は顔をほころばせていた。もっと早くこのアイデアが浮かんでいたら、祝いの日には完成させておき、門徒達に見てもらったのにと、大現師は残念でならない。

つい昨日、ようやく慈悦に対するこの行為を考えついたのだ。決して消えることのない淫靡な阿愉楽菩薩を背負った慈悦は、再び大現師を裏切る気持ちも失せるだろう。

沙紀と少し離れ、平行に並べる。沙紀の処女喪失の瞬間が彫りはじめる合図だ。その慈悦のために、沙紀や光彦を横たえる御供物台と同じものを急いでつくらせているところだ。

「護摩壇をもっときれいにしろ。阿愉楽菩薩さまの腰には新品の七色の紐を忘れるな」

あれこれ指図しながら大現師は胸弾ませていた。

「大現師さま、祝いの日まではゆっくりお風呂にでも入って早めに休まれた方がいいのでは？　大現師さまに何かあれば式は成り立ちません。それに、まだあと五日もありますわ」

得度している好純《こうじゅん》が門徒達の座る座布団を点検しながら、好色な視線を向けた。

「今夜、久しぶりにわしに抱かれるか」

「まあ、嬉しいことを。でも、祝いの日に大現師さまのものが役に立たなかったら、わたしが責められます。それに、慈悦さまの方がよろしいんでしょう？　どうせ、慈悦さまをお離しにはならないくせに」

好純はホホと笑った。

「慈悦は蝦沼に任せておる。祝いの日のために軀を憩ってもらわねばならんからな」

「まあ、慈悦さまにはいつもおやさしいこと」

媚びた目をしながら好純は大現師の股間にそっと手を伸ばし、肉茎を探った。勃起していなくても大きい一物だ。それが、好純の手でむくむくと起き上がり、硬くなっていった。

「おまえ達は門徒達へのサービスに、その濃いめのオケケを剃られればすむことだ。簡単なことじゃないか。だが、慈悦はちがう」

「何をおさせになるの」

好奇心を剥き出しにしている。

「この素晴らしい阿愉楽菩薩さまと同じものを背中に入れてやるのだ。ふふ、一生消えない刺青を、肌に刻んでやろうと思ってな」

「刺青を……？」

好純はさすがに驚いている。

「いつか、わたし達にもお入れになるつもりですの？」

「さあてな」

大現師は淫靡に笑って本殿を出た。

肝心の慈悦にはまだ刺青のことを話していない。

大現師は蝦沼の部屋に向かった。

「入るぞ」

返事も聞かずに入りこんだ。

「大事な日のために節制された方がいいのでは」

「おまえまでそんなことを言うのか」

大現師が笑った。

「抱きにきたのではない。祝いの打ち合わせだ。慈悦に話しておくことがある」

俯き加減の慈悦は、言いつけどおりに門徒達に抱かれればいいのでしょうと、もの静かに言った。そして、花びらをまた阿愉楽菩薩に繋がれて菊蕾を愛されるのかと、着物の胸元を合わせながら尋ねた。

「やはりおまえは忠実な女だ。もう二度と過ちは起こすなよ。おまえは祝いの日、誰にも抱かれなくていい」

意外だった。ようやく大現師の怒りも解けたのかと、慈悦と蝦沼は考えた。

「おまえのきれいな背中に、いいものを刻んでやる。堀田秀慶という彫師がおったのを忘れるところだった」

獲物を見据える冷酷な目があった。

(まさか……わたしに墨を……)

慈悦は息を吞んだ。

蝦沼の眉はぴくりと動いた。

「阿愉楽菩薩さまの像を入れてもらう。経の一部、般若波羅蜜多の六文字もな。わしはこれが気に入っておる」

(あんな像を刻まれるなんて……もうおしまい。ここから出ることなんてできないんだわ。出られるはずがなかったんだわ……)

美しい顔は蒼白になった。

「般若は知恵。波羅蜜多は最高の偉大性、完成の意。すなわち彼岸に到達すること。よくわかっておるな。だが、知恵によって人生の目的を完成するには、字のごとく、まずは蜜をたくさん出すことからはじまるのかもしれんぞ」

大現師は、ふふと笑った。

「蜜多とはなかなかいい文字が入っておる。そう思わんか。わしはな、般若経をはじめて知ったとき、この二文字に吸い込まれた。どんどんおいしい蜜を出せ。蜜が多いほど幸せというものだ」

まともな者が聞いたら呆れるしかない勝手に解釈した冒瀆の言葉を、大現師は愉快そうに口にした。

慈悦はうなだれた。

「嬉しすぎて言葉もないのだろう。処女の御供物をわしの肉棒で貫いたときが、おまえの肌に墨を入れる合図だ」

背中いっぱいの彫物を完成させるには何カ月もかかる。だが、彫りはじめるだけで祝いの儀式に興を添えてくれるだろうと、大現師は満足げだ。

「うんと声を出せよ。おまえは感じやすいいい軀をしているから、それだけ痛むぞ。おまえの呻きは男達を興奮させるにちがいない」

小刻みに震えている慈悦を、大現師は小気味よく眺めた。

「蝦沼、毎日、うんときれいに慈悦の軀を磨け。そして、祝いの日まで、真っ白い背中を飽きるほど鏡に映して見せてやれ。わしもちょっと見ておくか。慈悦、着物を脱げ」

表情をなくした慈悦は、ゆるゆると帯を解いていった。

「この白い背中も、あと数日で見れなくなると思うと名残惜しい気がする」

蝦沼の前で、大現師は慈悦の背中をねっとり舐めまわした。

「惜しいなら、いっそやめておくことですね」

最近、とみに嗜虐的になってきた大現師に、蝦沼は素気なく言った。

「慈悦の背負った阿愉楽菩薩も見たい。白い肌なら胸の方を見ればいい。そうだろう？ わしは欲張りでな」

ときおりズズッ、ベチョと下品な音をさせて舐めまわす大現師に、慈悦の細やかな背中が唾液でべとついた。

「ここで油を売っていていいんですか。何ならわたしは向こうへ行きましょうか。女達が久しぶりに戻ってきているんです。毎日、順繰りに遊ばせてもらいます。かまわないでしょう？」

そう言えば、大現師がどう出るか、だいたい予想はついた。

「待て。そう慌てるな。あと五日、慈悦を見張っておれ。それからなら、いくらでもほかの女を抱かせてやる。あいつらはしばらくここにいるんだ」

思ったとおり、大現師はこれから女達と遊ぶつもりだ。選り取り見取りで好き者どうし、破廉恥にやりまくるのだろう。

　唾液で濡れた慈悦の背中を、大現師は掌で撫でた。

「堀田が悦んでいた。おまえのようなきれいな肌の女に墨を入れることができるとは名誉なことだとな」

　冷たい笑いを残して大現師が出ていった。

「きっと……大現師さまの思いどおりになります……やはり、ここから出ることはできなくなるんです。背中に……あんな絵を入れられるなんて……」

　慈悦は涙ぐんだ。

「おまえにここから出る意志さえあれば、きっと出られるはずだ」

　遠のく足音を聞きながら、蝦沼は確かな口調で言った。


　蝦沼の部屋を出た大現師は、沙紀のいる奥の坊に向かった。

　ラビアピアスをされてから、沙紀はすっかりおとなしくなった。泣き喚いていた数日前が懐かしい。

「そろそろ寝せようと思っていました」

　浴衣の下には何もつけさせていない。

「もうじき、わしの上等の太いやつで思いきり突いてやるからな。足を広げてみろ。ちゃんと処女膜はついとるだろうな」

横になった沙紀の裾を分けてまくりあげても、じっとしている。太腿を軽く叩くと、脚を広げる。

「また確かめるつもりですか。疑い深いものだ。まさかわたしがこの女を抱くとでも」

日に何度も大現師はやってきて、無傷の処女膜を確かめる。小さな花びらに刺されたピアスも満足げに見つめる。

ピアスをした翌日、それを引っ張ってもてあそぼうとしたので、下等な原生動物ではあるまいしと、北山は本気で怒った。まだ傷がかたまっていないのだ。

「おまえが俺を裏切るとは思わん。ただな」

秘園でVの字に広げた指をそのままに、大現師は淫靡な笑いを浮かべた。

「このごろはめったにお目にかかれん処女膜だ。それに、いちど破いたら元には戻らん。しっかり頭に刻んでおきたいと思ってな」

腹這いになって秘園を観察する。

沙紀がもぞっと腰を動かした。

「おうおう、今夜はいちだんときれいだぞ。処女膜も確かについておる。合格だ。ここにわしの肉棒が入るんだぞ。泣き喚いてもいいぞ。最初は痛かろうからな」

大現師は人さし指を一本、秘芯に差し入れた。

「い、痛い！　いやっ！」

今までおとなしかった沙紀が身をくねらせ、声をあげた。

「これまで辛抱したのに式を台無しにする気ですか。代わりの女はすぐには見つかりませんよ。見つかっても簡単に使うわけにはいかんでしょう」

北山は腹をたてた。このごろ大現師の近くにいるだけで腹がたつことが多くなった。

「いや、指くらい入るだろうと思ってな」

(とうに経験ずみだろう。ばか野郎！)

にやけた笑いでごまかそうとする大現師に苛立った。

「そう怒るな。無茶をする気はない。このかわいい女をわしの手で女にするのだと思うと、つい血が騒いでな。わかるだろう？　いちど気をやらせたら出ていくから心配するな。まったくえらい男をこいつの見張りにしたもんだ」

苦笑しながら、大現師はパールピンクに輝く肉芽の先をぺろっと舐めあげた。

「あぁん……」

拳を握って沙紀が悶えた。金のピアスが揺れた。

剝いた肉芽の先さえ刺激すれば、沙紀はほんの数秒で気をやる。

三度舐めあげたとき、沙紀はガクガクと痙攣して果てた。

「まったく呆気ないもんだな。しぶとくてなかなかいかん女もつまらんが、早すぎるのももの足りんもんだな」

心残りな顔をしたが、北山はさっと追い出した。

ふたりきりになると沙紀はべそをかいて北山にしがみついた。

「ピアスのとこ、痛くないな？」

うなずいたものの、沙紀の瞳はみるみるうちに潤んできた。

二十周年の祝典が終わってすぐにピアスをはずせば、穴は塞がるだろうと言ってやると、沙紀は何度も〈ほんとうに？〉と、尋ねた。そこをもとどおりにしてやるためにも、大現師にはまだよく乾いていない小さな穴に刺したリングを引っ張って、そこを広げたりさせるわけにはいかないのだ。

「言われたとおりにしていればいいんだ。抵抗するな。最初から今のようにしていればよかったんだ」

鼻をすすりあげながら、沙紀は仔犬か仔猫のように北山の胸に顔をこすりつけた。

第六章　生贄の秘儀

1

いつもは広すぎる本殿が、この日ばかりは手狭に見えた。門徒達がひしめき、本殿の空気は妖しい熱気であたためられ、うっすら汗ばんでしまうほどだ。

早朝から炷《た》かれている香が、本殿だけではなく、坊や庫裡、その周囲までも薫っていた。

門徒の男女は例外なく薄い白の帷子一枚で、秘部を覆う下着はつけていない。透けてこそ見えないが、そこをまくり上げさえすれば無防備に秘所が晒されることを知っている好色な門徒達は、すでに肉棒を立ちあがらせ、女は淫蜜で股間を濡らしていた。

護摩壇の手前の、大現師の座るぶ厚い紫色の座布団をはさんで、ふたつの白布でつつまれた台がある。そのシルクの布に横たわる生贄を、門徒達は軀を熱くして待っていた。慈悦の台は、沙紀の台より少し離れて置かれていた。

〈阿愉楽寺建立二十年大祝祭法要〉の手順を記した数ページの小冊子に、名前こそ書かれていないが、ひとりの処女が女にされ、ひとりの童貞が男になり、得度しているひとりの女の肌に阿愉楽菩薩の姿が刻まれることが記されている。

もっともらしく、〈解脱の儀〉とあり、処女や童貞は一人前の大人になることで真の肉の悦びを覚え、束縛のない無限世界に生きはじめるとある。

慈悦に刻まれる刺青に関しては、阿愉楽菩薩との霊と肉の一体化であり、他の比丘尼より高地位につくと説明されている。それらを読んだだけで、門徒達は法要のはじまるのが待ち遠しくてならない。

彼らは功徳があるようにと、阿愉楽寺建立のこの大祝祭法要のため、すでに多額のお布施を出している。功徳といっても、彼らのそれは、阿愉楽寺での快楽をより多くむさぼるためでしかなかったが、額の多い者は早くもきょうの法要で大きな恩恵に与れることになっていた。

なかでも羨望の的は、女になったばかりの血に染まった沙紀をみんなの前でふたたび刺し貫くことを許されている三人の者だった。得度した七人の女の剃毛の最後の仕上げを許された七人の男も、お布施の額が多かった。

男達だけに限らず、門徒の女達も高額のお布施をしていた。

〈男達はこれでよしとして、頭が痛いのは、肉に飢えた牝犬どもにはどんな褒美を用意してやればいいかということだ。ただの傍観者の立場しか許されていないと知ると、お布施を返せと言い出すかもしれんしな。それに、もっと面白いことをせんことにはみんなが納得すまい〉

それが、蝦沼や北山ら数人の側近に相談するとき、大現師の吐いた言葉だった。

処女を女にする儀式があるからには、童貞を男にする儀式もなくては女の門徒が不満だろうと、お布施の多い年増女に童貞を与えることにし、取り急ぎ光彦が選ばれた。すでに童貞ではないが、男は外見でそれを知ることはできないのだからと高をくくっている。

だが、特定の者達だけに特典を与えていては、そのほかの者達が不満を表わすのは目に見えており、それは、今後、寺の台所がより以上に潤うか否かにもかかっている。それなら全員が参加できる儀式をと、揃いの帷子の下には何もつけさせないことにした。門徒同士に淫らなことをやらせればいいのだ。〈法悦の儀〉としている。

法悦にはエクスタシーという意味のほかに、仏法を聴いたり味わったりしたときに起きる無上の悦びという意味もあり、まっとうな儀式に思えなくもない。

「みなさん、阿愉楽経を唱えながら、大現師さまをお迎えしましょう」

本殿は一瞬ざわめいたが、すぐに静かになった。そして、門徒達から経があがった。

般若波羅蜜多
色徳悠栄阿愉楽女
現世滅生御霊魂清浄……

大現師は白く光る法衣に、真っ赤な袈裟をかけていた。

本来、袈裟というものは、青黄赤白黒の五色の原色と、緋、紅、紫、緑、瑠黄の五つの中間色を避けて作ることになっているが、大現師はそんな約束ごとなどおかまいなしだ。

大現師のすぐうしろに慈悦がいた。慈悦は自分と同じ白い帷子を着た沙紀の手を引いている。沙紀は目隠しされていた。そのまま大の字に張りつけられ、女にされ、そのあと、はじめて目隠しを取ることになっている。暗闇から真の自由世界への旅立ちを意味すると、大現師はやはりもっともらしい説明をつけていた。

沙紀達のうしろから少し離れ、美少年が進む。

そのあとを七人の女が進んだ。

最後に、大現師の側近三人が続いた。蝦沼もそのひとりだ。

北山はいない。庫裡の留守を預かっている。

男が続くのは、慈悦と沙紀が本殿に入る前に逃げないように、見張り役というところだ。

本殿に入るとき、先頭は、やはり教祖の大現師だ。慈悦や沙紀が先に進んだのでは格好がつかない。

　いよいよ沙紀の処女を頂戴する日がきたのだと、大現師は肉棒を疼かせていた。最初は、式をはじめて早々に処女をいただこうという魂胆だったが、蝦沼と北山に、それでは呆気なさすぎる。門徒達をできるだけ焦らし、期待させる方が賢明だと言われ、実力あるふたりの言葉だけに、渋々従うこととなった。

〈だが、慈悦の彫物はすぐにでもはじめさせた方がいいな。全部入れるにはひと月以上かかるということだが〉

　大現師がそう続けたとき、

〈慈悦の肌を知らんやつらがまだたくさんいるんです。まずは、いかに慈悦の肌がきれいであるか見せつけてやらねば。そうすれば、その美しい肌に墨が入るということで、ただそれだけで興奮するものじゃありませんか。急ぐだけがベストじゃありません〉

　蝦沼が意見した。

〈どうしろというんだ〉

〈まずは門徒達全員に、絹のような肌をじっくり鑑賞してもらうことですね。順繰り慈悦に触らせれば、男達は悦ぶでしょう。儀式というものは、勿体ぶれば勿体ぶるほど価値が出るというものです。ちがいますか。すぐに終わったのでは、ありがたみが薄れます〉

〈ふふ、勿体ぶれば勿体ぶるほど価値があるか。確かにおまえの言うとおりだな〉

それで慈悦に墨を入れはじめるのもそれなりに時間がかかることとなった。

大現師が入場すると、男の門徒達は経を唱えながら、彼のうしろの女達に目をやった。大現師を見る者などいない。

男達が特に興味のあるのは、目隠しされた沙紀だった。目が隠れていても、若く愛らしい顔立ちであることはわかる。沙紀の赤い唇が震えていた。一部が隠れているだけに、男達の興味をいっそうそそった。

男達とはちがい、女の門徒達は、まずは、まだ女を知らないという光彦に視線を向けた。沙紀のようにいちおう目隠しされているが、スカートを穿かせたくなるほどかわいい少年だということは、鼻や唇の形からわかる。

少年の姿に蜜液を溢れさせる女もいれば、かつて抱かれたことのある最後尾の男三人に熱い視線を向ける女もいた。

七人の女達の帷子は特別に薄く、豊満な肉体は透け、黒い股間の淫靡な繊毛が男達を刺激した。反り返った肉棒をもてあます堪え性のない男も多かった。

阿愉楽菩薩の前まで進んだ一行は、前方を向いて座る。まず、大現師が護摩を焚く。護摩木が勢いよく炎をあげる。オレンジ色の炎と、門徒達とは質のちがう大現師の腹から押し出される太い声の阿愉楽経が、妖しい法要の幕開けを告げ、本殿の空気を一瞬に染め変えた。

護摩を焚きはじめてしばらくたつと、沙紀が帷子を着たまま白い布張りの台に横たえられた。

「おとなしくしていろよ」

沙紀の手足を固定しながら、蝦沼が耳元で囁いた。

(怖い……こんなのいや……いや……)

不安でならないが、手を固定された以上、いまさらどうすることもできない。

次に蝦沼は、光彦を固定した。

「ウブな顔をしてうまくやれよ。おまえの今後がかかってるんだ」

「女は嫌いだ」

舌打ちした光彦は、蝦沼だけに聞こえる声で言った。蝦沼は苦笑した。

いっそう力の入った読経のなか、得度した七人の女が立ち上がり、門徒達の前に進み出た。帷子の紐を解き、これみよがしに下身の恥毛を晒してみせる。濃いめの性毛、薄いかげり、それぞれちがう恥毛がそよいでいる。

和紙に包まれた七本の剃刀が門徒達に渡された。彼女らは立ったまま門徒の剃刀を受ける。門徒はひざまずいてどこか一部を剃っていくが、たいていの者は興奮に打ち震え、手元が狂う。

「怪我をさせないでね。怖いわ。先の方を少しだけにしてね」

比丘尼達は鼻にかかった声でそっと囁く。男達は形ばかりの剃刀を入れることになる。最終的には門徒の女にも同じことをさせることにしたが、剃毛されたことがある女は、剃刀を入れながら男達のように興奮していた。

お布施の額の多かった七人の男が仕上げにかかった。立ったままでは無理なので、比丘尼達は横になって足を開く。ぱっくり開いた秘芯が門徒達からまともに見える。すでに精を洩らした者もいた。

青臭いザーメンの匂いや、女の粘液や汗、護摩木の燃える匂い、わけのわからぬ雑多な匂いで満ち溢れ、本殿は恥獣の巣窟となっている。

七人の男には剃刀ではなく、二枚歯の安全剃刀を渡す。女達の恥丘を震える手で血だらけにされては困るのだ。

女達は腰を高くし、剃りやすいようにしてやった。一様に七人の男の股間のあたりの帷子が盛り上がり、山をつくっているのが滑稽だ。

緊張のあまり、比丘尼の好純を剃毛している男が、おかしくもないのに笑いだした。その声を消すために、護摩を焚いている大現師の声がいちだんと高くなった。男自身、意に反した笑いに戸惑っている。が、甲高い笑いはとまらない。激しい緊張の末に出る突発的な笑いだ。

側近のひとりが彼を本殿から連れ出した。蝦沼がその場をつくろい、代わりに仕上げてやる。好純は蝦沼に好色な視線を向けた。

それが終わると、〈法悦の儀〉に入る。

側近達に指図されたとおりに、門徒達は動く。

男が女の帷子を開いて肉芽を舐めあげたあとは、女が男の屹立を口に含む。それを、相手をかえて延々とやらせる。立場が変わるために、立ってはひざまずき、ひざまずいては立ち、女は蜜を噴きこぼしながら喘ぎを洩らし、男は咥えこまれただけで気をやる者もいる。

拾い集めた銀杏の実に埋まっている錯覚を覚えるほどの激しい異臭だ。

儀式に夢中になりトランス状態に陥っている門徒達には悪臭など関係ないだろうが、正気の蝦沼達には耐えがたい。

いちばん哀れなのは沙紀だった。

(臭い……吐きたい……ここから出して……)

口と鼻を押さえたいが、手の自由を奪われているのでそれもままならない。それでも懸命に腕を動かそうとした。

慈悦の帷子が落とされ、門徒達が絹のような背中を順に触りはじめると、彫師の堀田秀慶は、もうじき自分の出番だと舌舐めずりした。

(あの淫猥な像を刻まれるんだわ……一生消えない……一生ここから出られないの……)

目頭が熱くなった。

蝦沼は苛々していた。

(チッ、まだかよ。北山、半殺しにしてやるぞ!)

蝦沼は歯ぎしりした。そのとき、

「火事だァ」

本殿の外で叫び声がした。

「火事だぞォ」

また声がした。北山の声だ。蝦沼はようやくニタリとした。

一同は快楽にどっぷり浸っている。外のことに気づかず、反応しない。

ほっとして気が遠くなりそうになったのは、白い台に固定されている沙紀と慈悦だった。

大現師は護摩焚きをやめ、いよいよ沙紀をいただけるのだと息を吸いこんだときだった。

読経がやんだため、三度めの北山の声ははっきりと本殿に届いた。

ようやく門徒達が騒ぎはじめた。うしろの門徒が外に飛び出した。

煙が本殿に入りこんだ。

大パニックになった。

さすがの大現師も顔色を変えた。門徒達はワアワア叫びながら飛び出していく。紐のとれた帷子一枚をひらひらさせて、股間丸出しで散っていく。

「何ということだ！」

大現師も本殿から飛び出した。

その隙に蝦沼が沙紀を解いた。

「置いていくのか！」

目隠しがずれて視野の開けた光彦が、自分に一目もくれず、さっさとひとりで出ていく大現師のうしろ姿に叫んだ。

「こういうときに、人の本心というのがわかるもんだよなァ」

蝦沼はおかしさを堪えながら、光彦の手を解いてやった。

彫師の堀田は動こうとしない。すべすべの慈悦の背中に墨を入れることしか念頭にない。

光彦もすぐに消え、本殿に残っているのは堀田と蝦沼、慈悦と沙紀だけだ。

「この騒動のなかでやるつもりじゃないだろうな。こんなところで彫るより、もっと落ち着いた場所でじっくり彫った方が利口だぞ。せっかくのこの背中を台無しにしたら、大現師さまに痛い目にあうぞ。まだ彫りはじめていないんだ。今でなくてもいいだろう」

「火など、どうせすぐ消える」

堀田は譲らない。

安堵していたのも束の間、慈悦は自分の運命にはやはり救いがないのだと落胆した。

そのとき、本殿に火の粉が入った。

「ワァッ!」

堀田が素っ頓狂な声をあげた。

「火がこっちにもまわるかもしれん。まずい」

弾む気持ちを隠し、蝦沼は切羽詰った口調で言った。

ついに堀田も飛び出した。

「さあ、行くぞ」

みんなが騒いでいるのと反対方向に、蝦沼はふたりを導いた。

ほとんど使用されていない狭い裏口から抜け出すとき、隅に繋がれている獰猛なブルマスチーフがいちだんと甲高く吠えたてたが、この騒ぎの最中では気にすることもない。

用意しておいた車にふたりを乗せて四、五分走った。そこには、かねてより頼んでおいた悪友が待っていた。

「じゃあ、頼んだぞ。向こうでたっぷり礼はする」

「えらい騒動じゃないか」

「火が出てな」

「おまえがつけたのか」

「冗談じゃない。このふたりに聞いてみろ」

車を見送った蝦沼は、何食わぬ顔をして寺に戻った。

奥の坊から出た火は、順に手前の五の坊、四の坊……一の坊へと広がり、坊と回廊で繋がっている本殿へ飛び火したのだ。

すっかり正気に戻った門徒達は消火することなど微塵も考えず、帷子一枚の姿を寺以外の者に晒すことになっては大変と、自分の服や荷物を置いてあるプレハブや控えの間に消え、野次馬や警察や消防車が来る前にここから少しでも遠くへ逃げねばと躍起になっていた。

門徒達は世間体を気にして青くなっていた。どんな儀式をしていたか知られたら、マスコミの餌食にされるのは目に見えている。家族に知れるのも困る。

車で来ている者はさっさとひとりで逃げようとしたが、どの車も信徒達に阻まれ、仲間だろうと泣きつかれた挙げ句、結局、どの車も定員オーバーになっていた。次々と炎を背に走り去っていく。

「大現師さま、本殿にも火が。阿愉楽菩薩さまを早く運び出さなければ」

燃えていく建物を気違いのような目で見つめている大現師に、蝦沼が声をかけた。

「それより、金だ！　何千万という今回のお布施だ。それと、宝石。いくらあると思ってるんだ！」

大現師は炎に我を失い、大事なことを忘れていた自分に腹をたてた。

「ご本尊がなくてどうします。金や宝石はほかの者に任せてご本尊を。さ、早く」

考える時間を与えず、本殿に誘う。

ふたりは何とか阿愉楽菩薩を持ち出した。煙に巻かれて危ういところだった。大現師も蝦沼もゴホゴホと咳こんだ。

2

外では、恥毛のない数人の女が、薄い帷子のままオロオロしていた。大現師の法衣をちゃっかり庫裡から持ち出し、羽織っている女もいた。

消防車のサイレンの音はまだしない。檜皮葺きの本殿の屋根から、いちだんと高い炎が噴きあがった。

火事騒動から一日たった。

慈悦と沙紀まで消えたことに大現師は動揺していた。門徒に助けられてひとまず車で避難したのだろうと蝦沼はこたえておいた。そして、本殿まで燃えてしまい、精を抜かれたようで疲れ果てたと溜め息をついてみせた。

「俺もだ。知らない土地にでも行って、しばらくぼうっとしてみたくなった」

北山もそう言い、大現師を嘆かせ、怒らせた。だが、そんな激怒を恐れるようなふたりではない。

隙を狙って飛び出し、今、ふたりで東京に向かっている。

「本殿まで燃えるとは思いもしなかったぞ。風向きのせいか」

運転している蝦沼が尋ねた。

「ここだけの話だが、急にその気になって、本殿の屋根に火のついた棒を放り投げてやった。檜皮葺きの屋根はよく燃えるなァ」

後部座席で北山が笑った。

「バカ！　ばれたらどうするつもりだ。警察は思っているより利口だぞ。科学も進んでいるんだ。放火犯になるつもりか」

声を荒らげた蝦沼は、ハンドルを乱暴にきった。

「落ち着け。ドジはしない。ちゃんと俺と沙紀のいた奥の坊から火を出した。どんなに調べたって漏電さ。徹底的に火事場を調べてもらった方が好都合だ。俺は昔、電気技師だ。任せておけ。心配はない。本殿には飛び火というわけだ」

自分の手であれだけ焼いておきながら、あぜんとするほど北山は落ち着いていた。

「もうごめんだ。ハラハラしていたんだぞ。あと少しで、慈悦もおまえのネンネも思いどおりにされるところだったんだぞ」

北山の沈着さに腹をたてた蝦沼は、バックミラーごしに薄ら笑いを浮かべている男を睨みつけた。

「俺だって焦ったさ。だが、予定外のことが起こったんだ。仕方ないじゃないか。そうガミガミ言うな」

北山は蝦沼の肩をポンと叩いた。

「何もかも予定どおりにいっていたぞ。いい加減なことを言うな」

肩の手を邪険に振り払った。

「チッ！　もう忘れたのか。緊張しすぎた門徒だよ。古畑が高笑いしている男を連れて本殿から出てきたときには飛び上がるところだったぜ」

好純の翳りを剃りあげるはずだった門徒が、興奮と緊張のあまり笑いだしたのを、蝦沼も思い出した。あのときの空気は異様だった。本殿に悪魔が巣くっているとしか思えなかった。

「コソコソ動きまわっているところを見られるわけにはいかんだろう。それこそ、俺は前科者だ。放火だけじゃなく、金もくすねたんだからな」

「金は退職金だ」

蝦沼が鼻で笑った。

「だがな、宝石まで盗みやがってどうするつもりだ」

蝦沼はまた北山に文句を言った。

「おい、宝石もいただこうと最初に言いだしたのは、確かおまえだったよな。大現師は、宝石も門徒が持っていったと思っているさ。それとも、宝石はいらんのか。俺が全部いただいていいんだな」

ふたりはバックミラーごしに言い合っていた。

「ああ、かまわん。そのかわり、その分を現金でもらう」

「バカ、虫がよすぎるぞ。そうはいくか」

車のなかで口論が続いた。

阿愉楽寺建立二十年大祝祭の法要の間、北山だけが本殿の外におり、庫裡の留守をあずかるということになった。門を閉ざしていても、全員が本殿に集まったのでは不用心だからというわけだ。

法要がはじまると、北山は現金の束と宝石をさっさと持ち出し、裏門の近くにとめてある車に運んだ。蝦沼に口が酸っぱくなるほど言われていた沙紀の母舞子の写ったビデオや写真、テープの類もかねてより調べ、簡単に持ち出した。

大現師には、本殿を飛び出してきた門徒達の一部が暴徒となり、手当たり次第に庫裡のものをかっさらっていったらしいと報告した。

〈なにしろ、消火に気をとられて庫裡を出ていたので、はっきりしたことはわかりませんが〉

と、つけ足すのも忘れなかった。

薄情な門徒達は消火など手伝わず、大現師と北山や数人の側近、得度している女達だけが、燃える坊の傍らでウロウロしていたのだ。みんなといっしょだったことで北山のアリバイはある。

結局、回廊で繋がっているとはいえ庫裡は無事で、あとは離れの本坊、燃えてもいい真新しい二棟のプレハブだけが延焼から免れた。

本殿から運び出された地面の上の阿愉楽菩薩は、淫猥さより滑稽さが先にたった。大きな花びらにつけられたふたつのダイヤのピアスが輝くほど、どこか間が抜けて見えた。

「沙紀のオフクロ、本当に来ると思っているのか」

口論に疲れたころ、北山が尋ねた。

「当然だろう」

いまさら何を言っているんだと蝦沼は呆れた。

沙紀は慈悦と東京のホテルにいる。まだ舞子のもとには戻っていない。

舞子には、指定の場所で沙紀と過去の写真やテープを返すと言ってある。来ないわけがない。

「もういちど、自分で女にしたあいつを抱く。最後の見納めだからな。おまえの義理の母になるかもしれん女を、今後抱くわけにはいかんだろう」

鏡の中の北山の表情を窺いながら、蝦沼はにやりとした。

「俺の義理の母？　そうか、そうだな。もし俺が沙紀といっしょになればだがな。だが、阿愉楽寺にオフクロが尋ねてきたとき、俺は顔を見られている。沙紀は目隠ししていたから気づいていないが、俺達はオフクロに娘のアソコを舐めさせたりまでしたんだぞ。おまえが脅してさせたんだ」

北山は一方的に決めつけた。

「俺のせいにするのか。あのときのことは共犯だぞ」

「あんなことをさせた俺を、ひとり娘の婿にするはずがない。常識で考えてみろ」

あのときのことを北山は今では後悔していた。

「そうか、それならネンネのことはさっさとあきらめな。女はいくらでもいるからな。俺には関係ない」

知らんふりをしてみせると、北山は急に黙りこんだ。何かを考えこんでいる。言い合っているほうが気楽だ。蝦沼は気になった。

「おい、ネンネのバージンをちょうだいしたときどうだった？ 俺もたまには若いのとやりてェぜ。あの台に脚を広げてくくりつけるとき、処女膜が破れてピロンと飛び出してたぜ。大現師は頻繁に処女膜検査していたと言っていたが、よくそんなあいつの目をかすめてやれたもんだな」

ぎりぎりまで待って沙紀の処女は俺がいただくと、北山は蝦沼だけには洩らしていたが、法要の大騒動が終わるまで待つつもりになったのかもしれないと思っていた。

だが、法要がはじまったとき、沙紀は女になっていた。台に脚を固定しながらピアスの刺さった花びらの狭間を覗くと、破れたピンクの粘膜が見えた。

（ちゃっかりやりやがったな）

あのとき蝦沼は苦笑した。鼻歌でも歌いたい心境だった。

……大祝祭の前夜、大現師は沙紀の処女膜の最後の点検を終えて出て行った。

「さあ、もう大丈夫だ」

北山の言葉に、沙紀は緊張ぎみにうなずいた。

シーツを汚して処女を奪ったことを気づかれないように、この日のためにすでに用意しておいたビニールシートやバスタオルを出した。

(沙紀はこれから大人になるの……?　怖い……)

落ち着いた北山の動きを、沙紀は傍らに座って神妙に見つめていた。

「何だ、その顔は。怖いのか。来い」

ここに連れてこられたときに比べると、沙紀のキスはうまくなった。

乳首を吸ってやると、沙紀は胸を突き出した。まだ熟していない小さな木の実だが、それはすぐに硬くなる。プチッと頭をもたげ、快感がそこから全身へ広がっていることを教えていた。

「あん……乳首……もっと……」

左右交互に舐めたり、嚙んだり、吸ったりしてやる。片方を口で愛撫しながら、もう片方を指で愛してやることも忘れない。指の腹に、コリコリした乳首の感触が快かった。

「あう……ア、アソコが……ジンジンするの……冷たい……ジュースが……」

溢れる蜜液に、沙紀は腰をモゾモゾ動かした。

乳房から顔を離した北山の唇を、沙紀は吸いついてむさぼる。興奮の唾液が多量に分泌され、ふたりは舌を絡めて奪いあった。

唾液を飲みながら、沙紀は無意識に片手で硬直を探っていた。しっかり握りしめた。それは火のように熱く、石のように硬く、恐ろしいほど太かった。

(こんなに大きなもの、きっと入らないわ……指だけだって痛いのに)

不安は徐々に大きくなっていく。

北山は沙紀の腕を持ちあげた。かすかな繊毛が伸びているのがやけに愛らしい。栗色がかったその腋毛を、彼は口に入れてもてあそんだ。そうしたくて、連れてきた日からわざと剃らせていない。

くすぐったいと沙紀は身をよじった。

両方の柔らかい繊毛の感触をさんざん舌で味わったあと、首筋を舐めあげた。そして、細い肩をつかんで正面から沙紀を見つめた。

「もうネンネは卒業だぞ。舐めろ」

横になって北山が足を開くと、沙紀は太腿の間に腹這いになり、しばらく肉柱を眺めていた。

「こんなに大きくなるなんて知らなかったの……だから、ここに来て初めてこれを見たときは怖かった……」

十八歳にもなっていながらと、北山はおかしかった。

しゃぶれと命じると、ぷっくりした唇を大きく開け、肉柱を根元まで呑みこんだ。

いつものように沙紀は顎がはずれそうになった。辛いので浅く咥えなおし、クチュクチュクチュッとミルクでも飲むように吸い上げた。そうしながら、ときどき北山を上目遣いに見つめ、ようすを窺った。

沙紀のフェラチオは決してうまいとはいえない。だが、北山はその方が気に入っている。商売女のようにやられたのでは興ざめだ。

「ちょっとやめろ。シックスナインだ」

肉柱を咥えたまま沙紀が首を振った。その体勢をとられると奉仕などできない。ペニスをかろうじて咥えたまま、一方的に舐めまわされて気をやるだけだ。

半身を起こした北山が、あっというまに沙紀を下にし、シックスナインの姿勢をとった。

沙紀の顔の上に剛棒がある。顎に皺袋が触れた。

「咥えろ」

喉に肉棒がつかえる。まわりの剛毛が、口の周囲をくすぐった。

薄い恥毛に囲まれたきれいな沙紀の性器を、北山は指で開いた。かわいい花びらに刺されている金のリング。あのとき、それを刺した大現師を憎んだが、今では愛しくてならない。

だが、計画が成功した暁には、手遅れにならずに穴が塞がるようにはずしてやるつもりだ。自分でもはずせるが、沙紀は怖がって、いまだにリングに触れようとしない。

蜜で濡れた秘園は真珠の光沢で輝いている。ピアスのない左の小さな花びらを引っ張ってみる。

「あん……」

腰が撥ねた。

小さな肉芽を薄い帽子の上から舌でつつく。

沙紀は仔犬のように鼻を鳴らした。

花びらの縁を舌と唇で辿っていくと、呆気なく昇天してガクガクと震えた。はじまったばかりだというのに沙紀は剛直を愛撫する余裕をなくし、口から出して片手でかろうじて握っていた。

続けざまに気をやる沙紀は、バネじかけの人形のようにピクピクと尻を持ちあげた。

そのうち、北山の愛撫から逃れようとあらがいはじめた。両手で北山の腰を押しあげた。

北山は沙紀に体重をかけ、太腿を広げてがっしり押さえこみ、執拗に秘園のすべてを舐めまわした。

体温が上昇し、沙紀は汗まみれになっている。

そのうち、沙紀の軀から力が抜けた。

「ああん……気持ちいい……」

溢れる蜜は小水のように豊かだ。

足を広げ、かわいく腰をくっと突き出してきた。

大きなエクスタシーが続けざま訪れるのは苦痛だが、小さな波が次々と訪れるのは夢の世界をさまよっている気がして、いつまでもその状態が続けばいいと思ってしまう。じわりじわりと肌を伝っていく小さな快感の波。せつなくなる。

「気持ちいい……ああん……ずっと……それして」

さらに腰を突き出した。

しばらく犬になって沙紀を舐めていた北山だったが、ころあいを見計らって顔を離した。

「動くなよ。リングをはずすからな」

弛緩していた沙紀の軀が緊張した。

「今のがいい……今のナメナメがいい……ずっとして。朝までして」

ピアスに触れられるのを怖がっている。

「またあとでしてやる。約束だっただろう」

傷つけないように細心の注意を払ってはずした。見えないほど小さなラビアの穴を、北山は癒すように舐めてやった。行為が終われば、また元のようにピアスをつけなければならない。

正常位の体勢をとる。火照った沙紀を見おろし、乱れた髪をかきあげてやった。

「これを咥えていろ。今までの声はいい。だが、これからの声を聞かれるとまずい」

差し出されたタオルを見て、沙紀は泣きそうになった。

怯えた顔にかまわず、北山は口にタオルを押しこんだ。

濡れた花芯の入り口に男根を置くと、沙紀の手を頭の横で押さえつけた。

「しっかり噛んでろよ」

肉杭は一気にあわいめを貫き、狭すぎる肉道にくいこんだ。処女膜のかすかな抵抗を、一瞬、亀頭に感じた。

「ぐうう……」

恐怖と痛みの声が、タオルに吸いこまれた。

（やめて！　痛い！　お願い！）

見開かれた沙紀の怯えの目が、冷徹なほど落ち着いている北山を見つめた。

さらに腰が沈んだ。

麻酔なしで敏感な肉を錐で刺し貫かれているようだ。花びらに穴を開けられたときとは比べられないほど激しい痛みだった。

（やめて……やめて……やめて……）

目尻から大粒の玉がこぼれ落ちていった。

北山は沙紀の苦痛の顔から目をそらさなかった。腰を揺すりあげ、破れた膜をさらに広げる。処女血がバスタオルを染めあげていった。

激しく首を振りたくりながら、沙紀は押さえられている手を振りほどこうとした。

「我慢しろ！」

北山が一喝した。

あらがいの力を弱めた沙紀だったが、そのぶんいっそう歪んだ顔をした。後頭部をシーツにのめりこませるほど押しつけている。その伸びきった白い喉元を見ていると、薄くなめらかな皮膚の下の血管がちぎれてしまうのではないかと思えるほどだ。

いつしか沙紀はしっかりと北山の手を握っていた。大きな男の手を握り潰してしまいそうな力だった。沙紀のどこにそんな力が隠されていたのかと驚嘆した。それが沙紀の苦痛を表わしていることもわかった。だが、彼は腰の動きをとめようとはしなかった。

突かれ、抉られ、沙紀の破瓜《はか》の痛みは続いた。

(痛い！　早く終わって！　やめて！　お願い！)

ぽろぽろと涙がこぼれ、嚙んだタオルが唾液でベトベトになっていった。

あまりの痛みに、恐怖が加わった。沙紀は気がとおくなりそうになった。

「ラストだぞ」

速くなった抽送のあと、多量の精液がほとばしった。

「ようやくネンネを卒業できたな」

口からタオルを出してやると、沙紀は北山の背に腕をまわし、忍び泣いた。

「痛かった……あんな痛いことするなんて……嫌い……」

泣き声はいつもよりいっそう甘えていた。

「処女膜がちょっと厚かったようだな。だが、呆気なく破れて痛みを感じない女よりましだぞ。一生忘れられないだろうからな」

それから北山はじっくり時間をかけ、朝まで三回、沙紀と交わった。朝方には、沙紀はわずかながら自分から腰を動かすようにもなった。

「もっと入れて……うんと奥まで……あん……」

頭を浮かせ、北山の唇をむしゃぶるように吸いあげる。

多量の蜜液で抽送はスムーズだ。

「ねェ、気持ちいいの？　沙紀の中におっきなものを入れると気持ちいいの？」

不思議だというように尋ねてくる。

「ああ、最高だぞ。最初からは無理だが、すぐにおまえも気持ちよくなる。舐められて気をやるときとおんなじようによくなるからな」

抽送のたびにグチョグチョと蜜音をたてる花芯を、沙紀が恥じらった。

繋がったまま体位を変える。北山が下になり、沙紀が上になった。沙紀の唇を吸いながら、肉芽に指を伸ばして揉みしだく。花芯がきゅっと閉じ、沙紀の体温が上昇した。

北山の肉柱を咥えたまま、沙紀はほどなく絶頂を極め、激しく痙攣して果てた……。

3

新宿のKホテルで待つようにと慈悦と沙紀には言ってあった。ふた部屋とも見晴らしのいい高層のスイートルームだ。

舞子と会うための部屋は別の階のツインだ。待ち合わせまでは一時間ほどあり、舞子はまだ来ていない。

沙紀の部屋に慈悦はいた。

美容院で整えた髪に常磐色のろうけつ染めの着物を着、おとなしい琵琶色の帯を締めた慈悦に、ふたりとも息をのんだ。着物が地味なだけに、慈悦の美しさがいっそう際だっている。淫靡な巣窟以外でふたりに会うことを、慈悦は恥じらっていた。

「おまえにこうして会うまでは、逃げられているかもしれんと心配だった」

蝦沼はいつもの彼らしくない照れを見せた。

沙紀はピンクのワンピースだった。初々しい。またいちだんと若く見えた。少し気恥ずかしそうにしている。

「家に帰ったのか……」

見知らぬ服だっただけに、北山はてっきり沙紀が着替えてきたのかと思った。慈悦の見立てでデパートで買ったのだという。ふたりは母娘のようにも見えた。

窓際に深紅の薔薇とカスミ草が飾られ、白いレースのカーテンによく映えている。テーブルにはマンゴーやメロン、オレンジなどの盛り籠があった。

ビールを飲みながら蝦沼達は、火事騒動の顚末を面白おかしく喋った。すぐに時間は過ぎていった。

「用事があるんだろう？　遅れないように余裕をもって出かけた方がいいぞ。おまえが戻ってくるまで、俺が慈悦の面倒も見てやる。ひとりもふたりもいっしょだ」

同じホテルで蝦沼が舞子と会うことなど、むろん、北山は口に出しはしない。

「わたしは自分の部屋に戻ります。沙紀ちゃんがひとりじゃ淋しいらしくて、それで、北山さんがいらっしゃるまでと思っていたんですから」

慈悦と蝦沼は自分達の部屋に戻った。

「一、二時間したら戻ってくる。俺から逃げるなら今のうちだぞ」

「その方がよろしいの……？」

「ばか言うな」

軽く瞼にキスしてやり、少しうしろめたさを感じながら部屋を出た。

華やかな花まで飾ってあったスイートルームを出てきたばかりで、十階のツインはやけに狭く感じた。味も素気もない。

時計が気になった。

気を紛らすため、北山と沙紀の部屋に仕掛けてきた盗聴器の性能を確かめてみる。ふたりは気づいていないはずだ。

〈で、慈悦のソコを見せてもらったのか〉

〈そう。両方ともピアスが……〉

〈おまえのピアスは見納めだな。取ってやる。大丈夫だ。穴は消える。うん？　どうした〉

〈あとで……〉

よく聞こえる。

秋葉原あたりには堂々と何種類もの盗聴機が売られている。これも一年ほど前、秋葉原のごちゃごちゃした電気店で買ったものだ。数千円のものからあり素人でも簡単に手にはいる。ラブホテル、ソープから、飲食店、普通の家庭にまで、今は相当の盗聴機が仕掛けられていると言われている。盗聴電波のあまりの多さに、依頼されて調べていると耳が痛くなるほどだと、ある調査員が呆れていた。一億総盗聴時代だ。

約束の時間ちょうどに舞子は部屋をノックした。モスグリーンの地味なスーツだ。ドアを開けても、すぐには中に入ろうとしない。それを、半ば腕を引っ張るようにして引きずりこんだ。

「沙紀は……？」

入り辛かったのは、娘と顔を会わせたときの対応に戸惑っていたためだ。

「別の部屋だ」

そこにいないと知り、舞子が安堵したのがわかった。

すぐに連れて帰りたいがどんな顔をすればいいのかと、舞子は顔を曇らせた。

「昔の淫らな写真まで見せられ、これから沙紀とどう接したらいいか……あの子のあんな姿も見てしまい、そのうえ、お口であんな恥ずかしいことまでさせられて……いくら沙紀が目隠しされていたからといって……娘にあんなことを……」

舞子は顔を覆った。

「おまえが寺に行ったことに娘は気づいていない。それに、娘ももう大人だ。おまえを不潔に思ったりはしないだろうさ」

「まさか……」

手にしているクリーム色のハンカチを、舞子はぎゅっと握りしめた。

「好きな男に抱かれたんだ。いいじゃないか」

とたんに、舞子はよろよろっとベッドサイドに腰を落とした。

「いいものを聞かせてやる」

盗聴機のスイッチを入れる。雑音が入って少々耳障りだが、それはやむをえない。

〈三枚に分かれてるぞ〉

〈あん……すごく痛かった……お母さまも最初のときは泣いたかしら……〉

こくっと舞子の喉が鳴った。

〈もう怖いのはいや。絶対いや。やさしくして〉

〈ピアスをされるときがいちばん怖かったんだろう。凄い声だったもんな〉

「まさか……まさか……」

舞子の唇はぶるぶると震えていた。

「黙って聞いてな」

蝦沼はボリュームをあげた。

〈嫌い。あんなことして……〉

〈たっぷり洩らしたんだったな〉

〈いや。言っちゃいや〉

〈はずしてやる。まだ一週間だ。今なら簡単に穴は塞がる。だけど、おまえのぴらぴらは小さいな。ピアスがよく似合ってかわいいぞ。はずすのが残念だ。じっとしていろ。すぐに取ってやる〉

〈いや……〉

〈どうした〉

〈ほんとに……かわいい……？〉

〈ああ〉

〈だったら、このままでいい……〉

〈いやなんだろう？〉

〈いやじゃない。かわいいって言ってくれるなら……〉

〈じゃあ、これからも俺に見せてくれるんだな〉

会話が切れた。濃厚なキスでもはじめたのだろう。

蝦沼はスイッチを切った。

「そういうことさ」

舞子は言葉を失っていた。

(何てこと……あのかわいい沙紀の花びらにピアスを刺したなんて……酷い……酷すぎるわ……)

涙が滲んだ。

「大現師が穴を開けやがったんだ。俺も北山も、そう日にちがたたないうちにはずせば穴も塞がるだろうと思って安心していた。だが、この分じゃ、娘はあいつのためにはずさんな。ま、それもいいじゃないか。娘の意志を尊重しろ」

いやいやと舞子は子供のように身を揺すった。

「これを返しておく。写真のすべてと約束を録音したテープ。そして、おまえがこないだ来たときに撮ったビデオだ」

「ビデオ……？」

沙紀のことだけを考えていた舞子は、ふっと顔をあげた。

「本殿で炷《た》いた強烈な媚薬を吸って、おまえが自分を失い、俺と大現師の意のままに抱かれたときのものだ。全部撮ってある」

新たな苦渋が舞子を襲った。

「自分で確かめて処分しろ。これで腐れ縁と切れるんだ。そんな惨めな顔はするな」

蝦沼は舞子の腰を引き寄せた。あらがいながら、舞子は声をあげた。

「ここはラブホテルじゃないんだ。あまり大きな声を出すと廊下に洩れるぞ。それとも、これ幸いに大声を出すか」

ほっぺたに唇をつけた。

「今、これで腐れ縁と切れるとおっしゃったわ。もういや」

首を振って蝦沼のキスから逃れた。

「そんなにいやか」

「もういや……」

正面から見つめる蝦沼に、舞子は訴えるように言った。

「そんなにいやなら抱くのはやめてもいい。だが、きょうが最後だ。もういちどだけおまえの軀を見たい」

「いやです。帰ります」

蝦沼の表情が険しくなった。

「力ずくで裸にしたっていいんだ。ただし、服が破けて帰りに恥ずかしいことになっても知らんぞ」

ぐいと細い手首を引いた。

「いやっ！　いやです」

「必死の思いをして何もかも取り戻してきてやったんだ。そのために寺は焼けたんだぞ。娘だって大現師の牙にかからずにすんだんだ。少しは感謝してくれてもいいだろう？」

カバーをかけたままのベッドに押し倒した。

渾身の力をこめて舞子は抵抗した。もみ合いが続いた。

「俺を怒らせる気か。見るだけだと言ってるんだ。いまさら隠すこともあるまい」

「見せられません……見せることができないんです……どうしてもだめなんです」

抵抗してもむだだと悟った舞子が力を抜き、訴えるように繰り返した。頰に朱が走っている。

「そんなに亭主を愛しているのか。えっ？」

「はい……」

「余計に見たくなった。どんなことをしてでも素っ裸に剝いてやる」

粘っこい視線を向けた蝦沼だった。

「見せられないんです。主人に……主人に……」

その先が言えず、舞子は顔をそむけた。

ようやく蝦沼は舞子の態度が尋常でないのに気づいた。

「亭主がどうした」

「主人に恥ずかしいことを……」

泣きそうな顔だ。

「オケケを剃られでもしたか」

冗談じみた笑いに舞子は強烈に反応し、いやっ、と両手で顔を覆った。

「ふふ、そうか、そういうことか。見せてみろ。いい見納めになる」

「いや。恥ずかしい……」

蝦沼は舞子を無視して押さえこみ、ボタンをはずしていった。あらがいが徐々に激しくなった。

「殴られないことにはおとなしくできないのか。どうなんだ！」

ピクリとした舞子が動きをとめた。そのかわり、恥ずかしさに耐えるように、しっかりと瞼を閉じた。

汗の匂いと、舞子自身の持つほのかに甘い体臭が混じりあい、つけているものが剝がされていくたびに漂い出した。

「ほう……」

つるつるになった恥丘が現われたとき、蝦沼は苦笑した。撫でまわして感触を楽しんだ。

薄くともそれなりに秘裂を隠す役割をしていた繊毛が消え、ふっくらした大陰唇の狭間が剝き出しになっている。クリトリス包皮からわずかに顔を出した肉芽がぷっちりとかわいい。

「は、恥ずかしい……」

じっとり汗が滲んでいる。

「なぜこんなことをされた。俺に抱かれたことがばれたのか」

舞子は首を振った。

「これまでもこうされたことはあったのか」

火照った顔をして、また舞子は否定した。

「じゃあ、なぜだ」

執拗に追及され、脅され、舞子は阿愉楽寺から戻った夜のことから話していった。

頬を染め、口ごもり、ときには顔を覆って話す舞子が、蝦沼にはかわいくてならない。

「それで、次の日、いろんな恥ずかしいものを買ってこられて……ああ、もういや！」

腋の下から汗がつっと流れ落ちている。

「話せ。このまま廊下に放り出すぞ」

「大きなバイブを前に……小さなバイブはうしろに入れられました……真珠のネックレスのようなものも一粒ずつうしろに……あなたに数珠を入れられたように……ああ、恥ずかしい……」

真っ赤になった舞子は蝦沼に背を向けた。それを蝦沼が自分にねじ向け、無理矢理続きを話させる。

「子供のようにうしろから抱えられて、鏡に向かってお小水もさせられました……」

くるりとベッドに俯せになった舞子は、もうこれ以上口にできないというように全身でいやいやをした。

「娘がいない間、毎日破廉恥なことをされたんだな。ということは、俺達はおまえ達夫婦に表彰されてもいいくらいだ。どれ、いじられているうしろの蕾を見せてみろ」

俯せたまま舞子が首を振った。

平手で尻を叩いた。舞子は叩かれれば叩かれるほどおとなしくなっていき、秘園を濡らしていった。

(娘も尻っぺたを叩かれるのが好きだったな)

蝦沼はニヤリとした。

おとなしくなったところで菊蕾を観察し、揉んでみた。半月前よりずいぶんやわらかくなっている。いかに執拗にいじられているかがわかった。

ズクリとする快感に舞子は泣きたくなった。

「これからは亭主にかわいがってもらえ。うんと恥ずかしいめにあわせてもらえ。俺はな、慈悦といっしょになる。知っているだろう?」

「あう……きれいな方……そこ、もっと」

ねだりながらも、舞子に淋しさと哀しみが満ちた。

(これから、あの人をこうやって毎日愛してあげるのね……十九年前、あなたはわたしをかわいがってくれたわ……とてもやさしく……)

蝦沼は菊花をもてあそびながら、もう片方の手を腰の下にやり、花びらや肉芽を触ってやる。愛液でぬらぬらした秘芯に指を入れる。舞子はしなやかな指でシーツをぎゅっとつかみ、身悶えした。

「続きをしてもらいたかったら俺のものに奉仕しろ。人妻らしくこってりしたサービスをな」

横になった蝦沼の屹立が天井を向いた。

舞子は蝦沼の足の間に割って入り、剛直を唇で包みこんだ。熱心にねぶり、吸い上げ、その間中、皺袋をやさしく揉みしだいた。

(忘れないで。忘れないで。お願い。私を忘れないで……)

驚くほど熱心な舞子のフェラチオを、蝦沼は頭を高くして眺めていた。丸めた唇が微妙に震えている。睫毛もふるふると揺れている。肉柱を深く呑みこんでは舌先で側面や鈴口をなぞる。嫌がってはいない。

半身を起こした蝦沼は、舞子の口から屹立を抜くと、唾液で濡れ光った舞子の唇を塞いだ。舞子は積極的にこたえた。舌を差し入れ、蝦沼の唾液をむさぼるように吸った。背中にまわした手をぎゅっと締めつけ、乳房を厚い胸に押しつけた。

うなじ、背中、臀部、脚、足指の一本一本、腋窩、腕、白く長い十本の指……。蝦沼は舞子の全身を舐めあげていった。

最後に秘園を確かめる。舞子は自分から大きく脚を広げた。びっしょり濡れている。透明な蜜で性器をたっぷりと濡らしていた。

会陰を伝う蜜……。

花びらの谷間の肉溝にたまった蜜……。

妖芽をぬめぬめと光らせている蜜……。

秘口から新たにじっとりと溢れてくる蜜……。

いくらでも蜜液が湧きあがってくる。

会陰を下から上へ舐めあげると、ヒッと声をあげ、舞子の軀がしなった。

両の花びら、聖水口、クリトリスと幾度か舐めあげると、舞子の全身が痙攣し、秘芯と菊花が生き物のように収縮を繰り返した。

「さっき、亭主はおまえをうしろから抱き上げて、子供のようにオシッコをさせたと言ったな。俺には飲ませろ。まだおまえのものを飲んだことがなかった。口をつけるからしろ」

聞きちがいだと舞子は思った。

ふたたび蝦沼が催促した。

「そんな汚いもの……冗談はいや……」

出したすぐの小水がいかにきれいなものかを蝦沼は説明した。果ては、水を飲むより軀のためにいいのだと力説した。それでも舞子がいやだと言うと、太腿を押さえつけ、聖水口だけをやさしくいたぶりはじめた。

やわらかなパールピンクの粘膜を、生あたたかい舌が何回となくくすぐっていく。男より
ずっと尿道が短いせいか、聖水口を刺激している妖しい感覚は膀胱の奥までじんわりと広が
っていき、やがて体奥まで痺れていった。

(ああ……お小水が出そう……変な気持ちになってくるわ)

ゆったりしたエクスタシーの海にたゆたっている気がする。

「そろそろ出るか？　飲ませてくれるな？」

(お小水を飲むなんて……そんな……)

だが、ピタピタとそこだけ舐められていると、拒否が迷いに変わり、迷いはやがて許しへ
と変化した。

「本当に飲んでくださるの……？」

それにこたえず、蝦沼は顔を埋めて舌先を微妙に動かし続けている。

「ああ……出ます……ほんとうに……ほんとうにもうすぐ……ああっ」

かわいい女の聖水口から生あたたかい小水が流れ出した。だが、力を入れ、つつましやか
に少しずつ出そうとしているのがわかる。

ぴたりとピンクの粘膜に口をつけ、蝦沼はこぼさないように飲み干した。

舞子は恥じらいに目を閉じていた。

「うまかったぞ」

正常位の体勢になると、蝦沼はいきりたっている肉茎で女芯を突き刺した。肉襞は蝦沼の剛直をギュッと妖しくつかんだ。屹立を沈めたまままくるりと回転し、蝦沼が下になった。

「軀を起こせ」

右手の親指でクリトリスを揉みしだく。左手の中指は菊口に挿入した。舞子が声をあげた。

「マメとワギナとアヌスをいっぺんにいじってもらうと最高だろう?」

左右の手を突っ張り、口を開け、舞子は熱い息を吐いた。乳房を突き出し、突き上げてくる快感に身を浸した。

菊壺に入れた指を、蝦沼はねじこむようにして深く押しこんでいく。舞子の軀が震えた。

「皮一枚隔てたところに俺のものが入ってるのがよくわかる。おまえの中に入った自分のペニスを、尻の穴に突っ込んだ指で確かめるのもなかなか乙なもんだな」

蝦沼はニヤリとした。

「自分でクリトリスをいじれ。自分で気をやってみろ」

アヌスに挿入している指はそのままにしておき、蝦沼は肉芽をいじっていた指を硬くしこっている乳首に持っていった。

少しためらった舞子は、やがて右手でぬるぬるしている突起を揉みしだいた。

（自分でこんなに恥ずかしいことを……あなたがしろっておっしゃったから……恥ずかしい……でも、あなたが……）

もてあそばれている乳首からも新たな快感がズンズン広がっていく。蝦沼はときおり故意に肉棒を膨張させた。アヌスに沈めた指も微妙に動かした。

「もうだめ……だめなの……わたしが溶けていくわ……泣きたい……」

せつなげに言った舞子はひときわ速く肉芽を摩擦し、気をやった。反り返り口を開け、激しく痙攣した。媚芯で剛直を握りしめ、菊芯で指を締めつけた。

痙攣が治まったとき、のけぞった白い首が落ちた。

秘菊から指を抜いた蝦沼は舞子をぐいっと胸に引きつけ、下から突き上げ、本格的な抽送を開始した。

蝦沼が果てたとき、舞子の膣口と膣壁はしばらく妖しい収縮を繰り返していた。それからぼろきれのようにぐったりとなった。

「俺とおまえの共有の時間はこれっきりだ。嬉しいか。服を着ろ」

一変して粗暴な態度になった蝦沼に、舞子の目が潤んだ。

「とっとと出て行け」

「もう……これっきり……？」

今になってうしろ髪を引かれる。

「望むところだろう？」

「忘れていたのに思い出させて、抱いて、そして……これっきりだなんて……」

舞子は哀しい目を向けた。

「ほう、これっきりにしたくないのか。これまでと話がちがうようだな。出て行かないのなら、娘の部屋に行くぞ。スイートルームで広い。四人いっしょにやるのもなかなか刺激があっていいものだからな」

舞子は怨めしげに蝦沼を見つめた。

「これからも俺に抱かれたいのなら抱いてやる。そのかわり、これからはオープンにしようじゃないか。俺だって娘を抱いてみたいしな」

単なる脅しとわかったが、舞子は首を振り、俯いてゆるゆると服を着た。

「沙紀はいつ帰ってくるんです……今、顔を合わせるわけにはいきません」

「数日、新婚気分を味わわせてやれ。いいカップルだぞ」

「ごめんなさい……あのとき……あのときあなたに黙って……」

舞子は涙ぐんだ。

「そんなつまらん話は聞きたくもない。二十年近くも前のことなど。娘とあいつのベッドインを盗み聞きする方がよっぽどましだ」

盗聴器のスイッチをこれみよがしに入れた。

〈ああ……あう……〉

〈いけ。何度でもいってみろ〉

〈や、やめて……あ、あ、あっ！〉

「いやっ！　やめて！　そんなこと、しないで。聞かないで」

舞子は蝦沼の手にした機械を奪い取ろうとした。

「帰れ。ぼやぼやしてるからだぞ」

奪われないように万歳をし、頭の上でさらにボリュームをあげた。快感に酔いしれた沙紀の喘ぎが広がっていく。

「これ、返してくださってありがとう……」

テープや写真の入った袋を取った舞子は、くるっと背を向け、娘の声から逃げるように、そのまま振り返らずに出ていった。

部屋中に舞子の匂いが漂っている。

いつになく蝦沼は感傷的になった。舞子がその気になっているのなら、また会おうと言えばよかった、とも思った。

(俺らしくないぞ……)

蝦沼は無理に笑いをつくった。裸のまま三十分ほどベッドに腰掛け、ぼうっとしていた。気を取り直して部屋を出る。

慈悦のいるスイートルームの前で少し迷ったが、軽くノックした。すぐにドアが開き、慈悦が顔を出した。

「お早かったのね。きょう中にはお帰りにならないかと思っていました」

何もかも察しているのかもしれない。だが、咎めるようなようすはなかった。

「何をしていた」

「ここから見える囲いのない東京の街を眺めていました」

(囲いのない街か……そうだな)

阿愉楽寺とちがう健康的な明るい光に満ちた部屋に入ると、センチな気持ちも薄らぎ、心がなごんできた。北山と沙紀の姿や、舞子が夫に辱しめられている姿がチラチラよぎり、苦笑した。

「慈悦……おっと、それはもうやめだ。おまえの本名をいまだに知らないんだ。何というんだ」

「水絵です」

「ミズエ？」

「お水の水と絵画の絵」

「ほう、おまえにぴったりのいい名だ。水絵か。ベッドに入って、これからのことをじっくり考えることにでもしようじゃないか。もう誰にもおまえの軀に指一本触れさせせんからな」

蝦沼は水絵の琵琶色の帯を解きはじめた。

この作品は一九九一年五月コスモ出版より成瀬純名義で刊行された『母娘秘祭　隷の輪舞』を改題したものです。

GENTOSHA OUTLAW BUNKO

母娘《ははこ》

藍川京《あいかわきょう》

平成13年6月25日　初版発行
令和3年5月20日　9版発行

発行人――石原正康
編集人――菊地朱雅子
発行所――株式会社幻冬舎
〒151-0051東京都渋谷区千駄ヶ谷4-9-7
電話　03(5411)6222(営業)
　　　03(5411)6211(編集)
　　　振替00120-8-767643
印刷・製本―株式会社 光邦
装丁者――高橋雅之

幻冬舎アウトロー文庫

ISBN4-344-40126-3　C0193　O-39-4

幻冬舎ホームページアドレス　https://www.gentosha.co.jp/
この本に関するご意見・ご感想をメールでお寄せいただく場合は、
comment@gentosha.co.jpまで。